Einaudi. Stile Libero Big

Dello stesso autore nel catalogo Einaudi
Documenti, prego

www.einaudi.it

ISBN 978-88-06-24584-9

Andrea Vitali
Il metodo del dottor Fonseca

Einaudi

Il metodo del dottor Fonseca

1.

Quella mattina la radiosveglia suonò alle sette. Squillava anche il telefono, lo capii dopo aver spento la radio ma non me ne preoccupai, non avevo alcuna voglia di alzarmi e rispondere. Lo lasciai continuare fino a che non smise e tornai a chiudere gli occhi. Ero a letto, ero vestito, cambiai fianco e feci un rapido bilancio di come mi sentivo. Mica tanto bene in realtà, mi girava ancora un po' la testa, oltre ad avere la bocca asciutta e lo stomaco in subbuglio. La sera prima avevo bevuto troppo, in compagnia e poi da solo, tanto per tirare tardi; non era una novità, soprattutto in quel periodo. E adesso non avevo voglia di alzarmi. La cosa piú furba sarebbe stata darmi malato.

La mia camera da letto era al buio, da giorni non aprivo le finestre, puzzava di chiuso. Credo che a quel particolare odore contribuisse anche il disordine. Il disordine è come una bestia inquieta, marca il territorio, se ne impadronisce e distorce la visione delle cose. Però mi ci ero abituato. Cercavo, senza riuscirci, di capire che tempo facesse fuori. Non ricordavo le previsioni per quella fine di ottobre. La sera, rientrando, avevo guardato il cielo a bocca aperta, senza meraviglia per la sua profondità, sempre che ne avesse. La testa aveva cominciato a girarmi allora, ed ero rimasto fermo, aspettando che la vertigine mi passasse. Mi ero buttato sul letto cosí com'ero, coprendomi alla bell'e meglio.

Ascoltai il rombo delle macchine che arrivava da fuori forte e fastidioso – abitavo al pianoterra di un edificio grigio troppo vicino alla strada – sembravano scivolare sull'asfalto: un rumore strisciante, stava piovendo. Decisamente il tempo ideale per darsi malato.

Il telefono riprese a squillare. Suoni, rumori giungevano anche dagli altri piani: litigi, canzoni, passi. Segreti che non si potevano mantenere in una casa costruita al risparmio. Il telefono non si arrendeva. Risposi chiudendo gli occhi, nascosto dentro quel buio che mi rendeva audace. Mi attraversò la mente il pensiero di galleggiare, di restare cosí in eterno, di essere un oggetto immobile che partecipa al disordine che lo circonda. Di essere un ciottolo, un guinzaglio. Una scarpa, destra o sinistra.

– Cammina, – disse una voce. A proposito di scarpe. Una voce secca come una corda che ti trascina. Indisponente come qualcuno che suona con insistenza al campanello o accende la luce o apre le finestre per svegliarti all'improvviso. Tornai sulla Terra.

Perché era la voce del capo, il responsabile della sezione investigativa presso cui lavoravo. Finsi di non riconoscerlo.

– Chi parla?

Simulai un accento nasale, l'influenza era appena arrivata in città, impossibile non saperlo data la messe di consigli su come evitarla, o trattarla, che radio, tivú e giornali dispensavano: bere tanto, frutta e verdura, riposo e antipiretici. Cose che ormai anche i bambini dell'asilo potevano ripetere con tutta la serietà del caso.

– Prepara una valigia, – disse.

Allungai le gambe, appoggiai un gomito al cuscino, tossii senza farlo apposta, con naturalezza; se andava bene erano venti sigarette al giorno.

Che tempo fa?, fui tentato di chiedere.

– Devo partire? – domandai invece.
– Sí.
– Mi rimandate sul campo?
– Sbrigati.
– Cos'è successo? – chiesi.
– Fra mezz'ora ti voglio qui –. Per quanto lo conoscevo, aveva parlato fin troppo. Infatti riattaccò.

Mi vennero in mente un bel po' di parolacce, ma ero anche curioso di conoscere il motivo di quella chiamata che aveva il tono dell'urgenza. Mi feci la doccia, la barba, presi il caffè e due aspirine masticabili. Uscii. L'aria puzzava piú del solito. Qua e là il muro del condominio aveva chiazze scure.

2.

Anche l'interno della macchina puzzava, avevo odore di muffa nel naso. Dallo specchietto pendeva un deodorante che una volta era stato verde, adesso sbiadiva verso un grigio cenere.

Per raggiungere il mio ufficio dovevo attraversare la città, di solito impiegavo non piú di mezz'ora. Non quel giorno. Mi ci volle almeno un'ora. L'intensità della pioggia offuscava la vista, forse erano le spazzole dei tergicristalli vecchie come la mia macchina. Le strade erano allagate, soprattutto ai bordi s'erano raccolte pozze in cui navigavano cartacce, lattine, bicchieri di plastica. La gente sui marciapiedi se ne teneva alla larga per evitare il rischio di farsi una doccia tutt'altro che igienica. Ovunque c'erano vigili, pompieri; nell'aria le relative sirene. Mi venne il sospetto che la ragione della chiamata fosse quel casino che vedevo. Non ci sarebbe stato niente di strano, fesso io a credere che mi aspettasse una missione. I semafori erano in tilt, lampeggiavano. Dai tombini zampillava acqua sporca. A un incrocio trovai un incidente, un tamponamento che aveva coinvolto piú auto. I conducenti litigavano tra loro, incuranti della pioggia che li inzuppava. Mi resi conto che non avevo con me un ombrello. Presentandomi fradicio, e oltretutto con la faccia sbattuta, prima di ogni altra cosa avrei ricevuto una bella strigliata da parte del Maiale.

Maiale, proprio. Tra gli ispettori della struttura cui appartenevo il capo si portava in giro, senza saperlo, quel soprannome. Era grasso e roseo, e già questo sarebbe bastato, ma qualcuno, a un certo punto, aveva messo in giro la voce che avesse l'uccello attorcigliato come la coda dei suini, una facezia che l'aveva definitivamente bollato. Da allora le battute erano fioccate. Facevamo ipotesi sulle acrobazie che doveva compiere per infilarlo in qualche buco. Secondo alcuni ci stappava anche le bottiglie. Il Maiale stava perlopiú chiuso nel suo ufficio, seduto dietro la scrivania. Pochi potevano dire di averlo visto in piedi. Quando aveva bisogno chiamava. Non faceva domande. Dava ordini. Sulla famiglia non s'era mai sbottonato, per quanto ne sapevo poteva anche non averla, vivere solo in funzione del lavoro. In quanto alle cravatte, aveva una predilezione per quelle nere, come se dovesse sempre andare a un funerale.

Come previsto, nel tratto tra il parcheggio scoperto e l'ingresso del palazzo mi inzuppai. La pioggia era tiepida, e una volta dentro fui avvolto da un caldo fastidioso, oltre che dal solito pesante odore che nessun prodotto sarebbe mai riuscito a eliminare. Un accesso di tosse mi ricordò che ero senza sigarette.

L'ufficio del Maiale era al quinto piano, il penultimo, sopra il mio. L'ascensore era occupato, decisi di salire a piedi. Un'altra particolarità del Maiale era quella di non avere la segretaria. Difficile dire se non la volesse o se invece non ne avesse trovata una disposta a lavorare con lui. Anche questo vezzo aveva fatto nascere fantasie sulla sua natura. In molti scommettevano che sarebbe morto alla scrivania, un colpo secco, la testa riversa sul piano del tavolo. L'avrebbe scoperto una donna delle pulizie che, trovandosi da sola, ne avrebbe approfittato per controllare se davvero avesse l'uccello a forma di molla.

Giunsi davanti alla sua porta un po' sfiatato.

Bussai. Ribussai. Chiesi permesso.

Aprii e sbirciai.

Era appoggiato allo schienale della sedia. I suoi occhietti mi fissarono, limpidi come se ci avesse appena messo qualche goccia di collirio. La finestra dietro di lui incorniciava un desolato paesaggio di pioggia e grigiore, un'immagine che prendeva alla gola e comunicava una sensazione di inutilità. Mi sembrò di non essere stabile sulle gambe.

– Posso? – chiesi.

– Era ora, – disse, e incrociò le braccia sul petto.

Aveva arti corti e grossi. Lo sguardo era freddo. In quella stessa posizione, sei mesi prima, mi aveva comunicato che mi attendevano sei mesi di servizio d'ufficio: la punizione per aver usato senza motivo, secondo lui, l'arma in dotazione durante una retata. Avevo sparato, è vero. Non avevo ammazzato nessuno. Però avevo ferito una testa di cazzo che non c'entrava niente. Fosse rimasto fermo non sarebbe successo. Invece s'era messo a correre. Lui, il buono capitato per caso in mezzo a una banda di cattivi. Per sei mesi avevo battuto a macchina verbali d'interrogatorio e di incidenti stradali, denunce, raccolto segnalazioni che mi avevano messo a contatto con varie categorie di suonati e suonate, un'esperienza non del tutto priva di un lato positivo, dal momento che avevo agganciato un paio di donne con cui ero uscito qualche sera.

Il Maiale non mi fece sedere. Mi squadrò.

– Devi tagliarti i capelli, – disse.

Non ribattei. Non li avrei tagliati.

– Ho un incarico per te.

Rimasi ancora zitto, sapevo che non tollerava domande. Attesi scrutando l'ufficio come se non ci fossi mai stato. Arredamento convenzionale, nessun quadro alle pareti, odore di inchiostro nell'aria, la luce al neon alle nove del mattino. Orologio con stampato sul quadrante il logo di una ditta di fotocopiatrici. Mi salí un po' di nausea. I vetri erano sporchi. La moquette era chiazzata qua e là. Mi imposi di pensare ad altro per allontanare il malessere.

– Un omicidio, – disse.

Finalmente, pensai.

Significava basta scrivania e verbali.

– Dove? – chiesi.

– Hai ritrovato la lingua.

Accennai di sí.

– Allora usala per salutare, intanto.

Dissi buongiorno. Lui non rispose.

– A Spatz, – disse.

Il nome non mi suggeriva niente.

– È vicino al confine, in montagna, in uno di quei distretti. Cercalo su una cartina.

I distretti, come si erano sempre chiamati, erano un'ottantina, non conoscevo nessuno in grado di elencarli tutti. Però quando i confini del Paese erano stati ridefiniti e ratificati ufficialmente, ciascuno di questi, dal piú piccolo al piú esteso, aveva mantenuto il nome e anche un'autonomia, seppur limitata. Anzi, su alcune questioni legate alla particolarità dei territori e alle necessità della popolazione che li abitava, i consigli locali avevano autorità assoluta e non dovevano temere ingerenze da parte della capitale. I crimini, però, gli omicidi, erano di nostra competenza.

– Agli ordini, – risposi.

Stavo per chiedere che cosa fosse successo, avevo fretta di sapere e andarmene.

– Zitto, – mi fermò, anticipandomi.

Mi feci forza, tacqui.

– Non sarà un caso complicato, – disse.

Abbozzai un sorriso.

– Non c'è da ridere.

– Non stavo ridendo.

Era vero, tentavo di controllare un mezzo conato, inoltre sentivo le gambe sempre piú molli. Sarei stato meglio se avessi potuto sedermi, ma il Maiale non mi aveva invitato ad accomodarmi, e se avessi preso l'iniziativa me lo avrebbe di sicuro fatto notare.

– Il colpevole è un minorato, – disse.

Aveva ucciso la sorella. Perlomeno cosí sembrava dalla relazione che la guardia distrettuale aveva mandato quella mattina. L'omicida non era ancora stato catturato, ma sembrava essere solo questione di ore.

– Facile che quando arrivi te lo trovi già pronto per la consegna, – disse il Maiale.

Dovevo studiare per bene la relazione, aggiunse, e avrei capito un sacco di cose. Comunque, stante la gravità del fatto, un ispettore del dipartimento centrale doveva andarci, la regola era quella.

– Perché io? – domandai con intento provocatorio. Volevo spingerlo a dirmi che era ancora per punizione, che mi affidava un caso in cui non avrei potuto combinare guai. Lo immaginai mentre tirava i fili di una marionetta, e la marionetta ero io.

Il Maiale non mi guardò nemmeno.

– Perché è il tuo lavoro, – disse. – Hai tre giorni di tempo. Facci fare bella figura. Non portare armi. È tutto.

Si chinò sulla scrivania, afferrò un foglio, si mise a leggere. Uscii dal suo ufficio con il verbale in mano, senza nessuna fretta di consultarlo, l'avrei fatto con comodo. Non mi pareva il caso di scaldarmi troppo per una faccenda che sembrava non presentare alcuna difficoltà.

3.

Spatz, millesettecento metri. Il centro abitato piú grande di uno dei distretti piú piccoli dell'intero territorio, in sostanza una cacca di mosca a ridosso del confine, incassato fra due montagne: il Salter da una parte, il Danzas dall'altra. L'ultimo insediamento prima di una zona di rispetto, o terra di nessuno o comunque la si voglia chiamare: una striscia di una decina di chilometri segnalata in grigio sulla cartina, quasi fosse un'immensa voragine scavata tra l'estremo confine settentrionale del nostro Stato e ciò che si trova al di là. C'erano anche alcune macchie piú scure in quella striscia, quattro per la precisione, di cui ignoravo il significato. Avevano un po' l'aspetto dei crateri disegnati sulle mappe lunari, ma piú probabilmente erano laghi. Quei bei laghetti di montagna dalle acque ferme, fredde e scure che nascondono un mostro.

Nel milleottocentoequalcosa a Spatz era avvenuta l'ultima impiccagione di un uomo colpevole di aver rubato un cavallo. Una festa in costume ricordava ancora l'evento. Il tutto si svolgeva col buio, la folla munita di torce accompagnava un manichino verso il luogo dove era montata la forca. Una specie di asta designava il boia. Insomma, bisognava pagare per guadagnarsi l'onore. Cosí raccontava una guida. Nessuno, a parte me, poteva meritarsi quell'incarico di merda. Di buono c'era che mi aveva scollato dalla scrivania. Su ciò che sarebbe accaduto in seguito preferivo rimandare ogni riflessione, tanto, al momento, non potevo fare altro che ubbidire, qualunque cosa mi aspettasse.

Il paese distava circa trecento chilometri. Calcolai che per arrivarci ci volevano quattro ore buone. Cinque o sei a prendersela comoda, come avrei fatto io. In fin dei conti pareva che dovessi andare lassú per una banale questione di rappresentanza, magari avrei addirittura trovato l'omicida già impacchettato.

«Facci fare bella figura», aveva detto il Maiale.

Non l'avrei deluso: me la sarei goduta, stringendo mani e distribuendo sorrisi.

Non so quanto sapessero i miei colleghi di quella storia. Nessuno disse una parola, nemmeno quando mi videro raccogliere qualcosa dalla scrivania e andarmene anziché sedermi come facevo da mesi. Non mi chiesero niente, e se anche l'avessero fatto non avrei risposto. Prima o poi l'avrebbero saputo, ma a quel punto sarei stato lontano dalle loro risate. A casa feci la valigia, ci misi roba pesante; non che avessi un gran guardaroba, e la montagna non mi aveva mai attirato. Il mare, piuttosto, ogni tanto e solo se c'era di mezzo una donna. Una vacanza breve, che in genere finiva contemporaneamente alla relazione. Se no preferivo la città, le avventure di una notte, le sbornie, il rimanere a letto. La piacevolissima vita di merda che da un po' di tempo trascinavo senza farmi troppe domande.

Partii verso le undici, sotto una pioggia fitta ma meno violenta rispetto a quella di poche ore prima. Le emergenze della mattina parevano rientrate, adesso si contavano i danni. Mi chiesi se in montagna potesse nevicare di già. Non avevo catene, non me ne preoccupai. Lo stato delle gomme, boh. Un'occhiata mi bastò per definirlo buono. Non posso negare che avvertivo una certa euforia, come un prurito. Tre giorni lontano dalla scrivania, dalle facce dei colleghi, alcune veramente di cazzo. Cominciavo a considerare gli aspetti positivi della missione e, sotto sotto, mi stavo pentendo di essere uscito dall'ufficio del Maiale senza ringraziarlo.

Fuori dal centro il diluvio cessò. Salutai gli ultimi edifici, gli squallidi condomini che erano cresciuti via via nelle periferie. Notai il degrado dei marciapiedi sconnessi, le parabole installate su tetti e terrazzini, e la desolazione di un pallone abbandonato per strada. C'era ancora qualche tenda a strisce, residuo dell'estate, destinata a marcire.

Cominciò la pianura, uno stacco netto. Era deserta, si estendeva a perdita d'occhio in un unico colore macerato dalle intemperie e dall'abbandono, poiché ormai piú nessuno la lavorava. Si preparava al ghiaccio, alla nebbia, ai silenzi. Ai corvi, gli ultimi padroni di quella terra che aveva conosciuto tempi migliori. Sono onnivori i corvi, lo avevo imparato guardando un documentario. Onnivori, come i maiali. Il pensiero mi riportò al motivo della missione, alle parole con le quali il capo mi aveva congedato. Risi tra me, riflettendo che ero una sorta di ambasciatore. Un cavaliere senza macchia e senza paura, un raggio di luce mandato a rischiarare gli angoli piú bui dell'impero. Peccato che il periodo non coincidesse con la rievocazione del ladro impiccato per il furto del cavallo. Avrei assistito volentieri allo spettacolo, mi sarei fatto dare una torcia. Di sicuro ci sarebbe stato da mangiare e da bere. Cosí pensando, bucai una gomma.

4.

Persi tempo a cercare un aiuto. Cioè, ad aspettare che comparisse qualcuno in grado di darmi una mano. Quando capii che la speranza era vana mi accinsi a fare da solo. Fu la prima avventura della mia missione. Impiegai non meno di un'ora mandando a quel paese chiunque mi venisse in mente. È ridicolo, ma sino ad allora non avevo mai dovuto sostituire una gomma bucata e alla fine dell'operazione ero discretamente lercio e affamato.

Mi fermai con l'intenzione di mangiare in una trattoria poco dopo aver ripreso il viaggio, ossessionato dal timore di bucare nuovamente; a quel punto sarei stato davvero nella merda. Avevo percorso all'incirca duecento chilometri. Nella trattoria aleggiava ancora il profumo di qualcosa di buono, stufato o roba simile. C'era solo quello però, una traccia nell'aria. Per il resto era tardi: cucina chiusa insomma. Non potevano offrirmi che un panino. Meglio due. Il primo lo mangiai lí, al banco, intanto che il padrone del locale trafficava con delle bottiglie. Il secondo me lo portai in macchina e, mentre lo consumavo a piccoli morsi, guidando, mi accorsi che il paesaggio era cambiato. La pianura era finita e adesso la strada correva in un fondovalle che andava via via restringendosi. Le case dei paesi erano allineate l'una all'altra, piccoli agglomerati che non riuscivo a comprendere se facessero parte di un'unica località oppure fossero nuclei a sé stanti, frazioni o comunque li si volesse chiamare. Non incrociai che poche persone, attente al passaggio della mia auto. Donne perlopiú. Davano l'impressione di non sapere cosa fare. Stavano sulla porta di casa oppure camminavano in mezzo a piccoli orti ingialliti. Sembravano le protagoniste di una silenziosa protesta verso chi le aveva fatte nascere lí, o in quel posto le aveva condannate a restare. Guidavo con prudenza, ogni tanto un cane attraversava la strada.

Il Salter e il Danzas si stagliavano davanti ai miei occhi. Parevano denti. Le loro cime erano appena sporche di neve. Spatz era incassata lí in mezzo, per il momento potevo solo immaginarla. Partendo da casa avevo fantasticato di godere dello spettacolo dei fiabeschi colori dell'autunno, come li avevo ammirati scorrendo certe riviste o guardando i documentari in televisione. Dovetti disilludermi, quelle montagne non li avrebbero mai avuti: c'era poca vegetazione, roccia piuttosto, grigia e cupa, sulla quale spuntava qua e là un alberello. Avviai il riscaldamento, l'aria s'era rinfrescata, avevo i piedi freddi. Il sole non raggiungeva piú la mia auto. Accanto alle case si ergevano imponenti cataste di legna. Mi fermai quando vidi l'insegna di un benzinaio con annesso bar tabacchi. L'insegna era stinta, la marca della benzina ignota. Acquistai un pacchetto di sigarette, bevvi un caffè. Forse era il primo che il gestore preparava quel giorno, faceva schifo. Tanto per scambiare qualche parola chiesi informazioni su Spatz. Il padrone del locale aveva una pancia enorme; tirò un sospiro inondandomi di un sentore di aglio, senza guardarmi in faccia, e rispose che, nonostante fosse il centro abitato piú grande del distretto, era appena un paesotto, niente di che. Mostrava una discreta somiglianza con il Maiale, immaginai che fossero lontani parenti. Mi sarebbe piaciuto chiederglielo. Segno distintivo, l'uccello. Intanto quello aggiunse che per Spatz ci voleva ancora un'ora di viaggio e se dovevo fare benzina avrei dovuto pensarci ora, altri distributori, dopo il suo, non ne avrei trovati. Parlava come se scegliesse le parole, separandole con cura, in modo brusco. La popolazione di quella zona parlava un dialetto imbastardito con la lingua corrente. Noi di città non gli eravamo molto simpatici, un classico. Ripartii e quasi subito la strada cominciò a salire in uno spazio sempre piú angusto. Un cartello mi segnalò il pericolo di ghiaccio sulla carreggiata. Accesi la radio, ma non riuscii a sintonizzarla stabilmente su alcuna stazione. Per un po' canticchiai tra me e me, poi smisi. Di tanto in tanto guardavo nello specchietto retrovisore la strada che, curva dopo curva, svaniva alle mie spalle, come se qualcuno l'arrotolasse e la facesse sparire.

5.

Tredici chilometri a Spatz. Era scritto su un cartello scolorito che per un istante il sole illuminò. Un sole pallido, sbucato d'improvviso alle mie spalle mentre tramontava. Scomparve quasi subito, cancellando dal panorama quel poco di colore che c'era.

Già da un po' la macchina saliva a fatica. Di città anche lei, come me, malediceva a modo suo quel viaggio, l'incarico. La strada continuava a snodarsi un tornante dopo l'altro. L'ombra della sera accentuò la serietà delle rocce. Non riuscivo ad andare oltre la seconda. La temperatura dell'acqua raggiunse livelli di guardia. Ci mancava di fondere il motore, cosí imballato non l'avevo mai sentito. Guardavo la strada, la luce che svaniva, il contachilometri. Cento metri alla volta, col pensiero che i successivi non sarebbero mai arrivati. Avevo perso il conto delle curve quando imboccai un breve rettilineo che, finalmente in piano, mi portò nella piazzetta di Spatz.

Ormai annottava. Parcheggiai con un sospiro di sollievo, non mi sembrava vero di essere arrivato, scesi. Mi accolse una sberla d'aria fredda; inalandola sentii i polmoni bruciare. Il silenzio sembrava conferire al buio ancora piú sostanza. Le sagome delle montagne erano nere sul fondo di un cielo limpido, profondo. Accesi una sigaretta. Alla fiamma dell'accendino notai le mie scarpe da città. Mi guardai attorno. C'era un'osteria con alloggio, la *Pensio-*

ne del Sole, fantasia fuori luogo per quell'ora e con quella temperatura. Il nome era dipinto in caratteri gotici. Due finestre del piano terra erano illuminate; avevano le tendine a filet. Sopra la porta d'ingresso si intravedeva una meridiana scrostata. Spensi la sigaretta e mi avviai camminando con difficoltà sull'acciottolato della piazza, con quelle suole rischiavo di scivolare a ogni passo. Entrai.

C'era odore di tabacco e di liquori alle erbe. E un vago profumo di legna. Il parquet scricchiolava. Alle pareti erano appese numerose foto in bianco e nero: cime innevate, sciatori e scalatori. Alcune erano autografate. Mi domandai quante fra le persone ritratte fossero ancora in vita, molte immagini erano addirittura ingiallite. Dietro il banco un uomo calvo, con la cute del cranio rosea, era chino su un giornale. Al mio ingresso non alzò la testa. Mi avvicinai, chiesi del padrone. Solo allora mi guardò con un'espressione stupita, anche un po' sciocca. La mimica di una caricatura o di una marionetta. Toccò a me rompere il silenzio.

– Qualcosa non va? – chiesi.

Si raddrizzò, passando dallo stupore a un mezzo sorriso.

– Mi scusi, – disse.

Abbozzai.

Si presentò, era lui il proprietario.

– Ma... ma... – riprese fiato, chiuse il giornale, rilassò il viso in un sorriso pieno, gesticolò. – Ecco, – disse.

Non si aspettava nessuno in una serata come quella, men che meno un forestiero. Pensava che a essere entrato fosse... Si interruppe.

– Insomma, lei è il mio secondo cliente questa settimana, – chiarí. Ammesso che lo fossi, aggiunse, ancora con l'intento di fare lo spiritoso, e non invece qualcuno che si era perso ed era lí solo per un'informazione. Non fossi stato cosí stanco per il viaggio forse avrei retto il gioco, che so, gli avrei domandato dove potevo trovare un locale notturno o qualcosa del genere.

Invece tagliai corto, confermai di essere il suo secondo cliente e gli chiesi se aveva una camera per me.

– Anche due, – rispose lui senza sorridere.

Gli porsi i documenti. Li studiò per bene prima di prendere i dati. Infine me li restituí. Sorriso sparito, il viso s'era afflosciato.

– Immagino che sia qui per l'omicidio, – disse.

Avrei voluto replicare che no, avevo fatto quel viaggio per imparare a cambiare una gomma o magari per far fuori la macchina, cosí da sentirmi obbligato a comperarne una nuova. Gli concessi solo un cenno, non erano affari suoi.

– Camera numero sette, – disse.

Presi le chiavi.

– Vorrei mettermi in contatto con la guardia distrettuale, – dissi.

– Provvedo io, – rispose.

Fui tentato di obiettare che avrei preferito farlo da me, ma lasciai correre. In fondo, per quanto ne sapevo, l'omicida poteva già essere stato catturato e perciò, stando alle raccomandazioni del Maiale, avrei dovuto limitarmi a fare atto di presenza, in sostanza giocare al poliziotto di città.

– Nel frattempo mi sistemo in camera.

– Dopo un viaggio simile... – approvò, aggiungendo che per qualunque necessità non dovevo esitare a chiedere.

Salivo le scale quando sentii la porta d'ingresso sbattere. Il padrone salutò il nuovo entrato, l'altro cliente. Lo chiamò per nome, Ermini. Gli diedi un'occhiata. Era alto, nero di capelli, magro, pallido. Aveva un'aria distratta, forse preoccupata. Il padrone gli fece un paio di domande ottenendo in cambio brevi risposte. Colsi l'ultima.

– Forse domani.

Parlava a voce bassa, il tono stanco. Non dava l'impressione di essere lí in vacanza. Quando entrai in camera avvertii un freddo quasi pari a quello che c'era fuori. I caloriferi erano appena tiepidi, accesi da poco. Mi buttai sul letto senza nemmeno sfilarmi la giacca. Era ora di leggere il verbale della guardia cantonale, che sino ad allora non mi ero nemmeno dato la pena di aprire.

6.

La vittima era una ragazza, al verbale era allegata una fotografia non saprei dire quanto recente, a colori, scattata durante una passeggiata sullo sfondo di un prato fiorito. Giovane, bionda, carina. Aveva ventitre anni. Abitava in una casa fuori del paese. Viveva affittando due camere; un po' di orto e il pollaio facevano il resto. Era stata uccisa a colpi di bastone. Le avevano sfondato il cranio: «Ripetuti colpi all'occipite», diceva il referto. Era stata aggredita alle spalle, poi l'assassino si era accanito sul corpo, sul viso, probabilmente quando già era priva di vita. Stando al rapporto l'assassino era il fratello della ragazza. Un giovane minorato mentale di qualche anno piú vecchio di lei. Avevano sempre vissuto assieme. Il padre era sparito in circostanze mai chiarite quando i due era ancora in tenera età. Forse un incidente in montagna, in ogni caso il corpo non era mai stato ritrovato. Quando era morta anche la madre, la ragazza non aveva ceduto alle insistenze di chi le consigliava di mettere il fratello in un istituto. Aveva voluto tenerlo con sé, e lui l'aiutava con i lavori pesanti e altre cose che il verbale si dilungava a spiegare con la minuzia tipica di chi non è abituato a trattare casi tanto gravi; ero certo che il Maiale non l'avesse letto. In ogni caso, dopo l'omicidio, si erano perse le tracce del fratello. Probabilmente era fuggito, sconvolto per ciò che aveva fatto, una dichiarazione di colpevolezza che non aveva bisogno d'altro. Secondo la guardia distrettuale era solo questione di tempo e sarebbe ricomparso. Date le sue condizioni non era in grado di sopravvivere, di resistere in quell'ambiente, né aveva amici o semplici conoscenti che potessero aiutarlo a fuggire. Fuggire dove, poi?

Il verbale conteneva anche altre considerazioni superflue sulla situazione dei due che gli conferivano quasi la struttura di un tema scolastico; le scorsi velocemente, poi ripresi a leggere con maggiore interesse.

L'omicidio era avvenuto in casa; il corpo della ragazza era stato rinvenuto nella cucina con accanto l'arma del delitto, un bastone. La costruzione sorgeva in prossimità delle pendici del Salter, lungo il sentiero che saliva verso la vetta della montagna; «Sentiero di media difficoltà», aveva scritto la guardia, come se a quel punto stesse compilando una guida, con una ferrata finale sconsigliata ai non esperti. Sul retro c'era una piccola aia recintata con annesso pollaio, assieme all'orto. Un cancello di legno consentiva l'accesso alla proprietà; alla porta d'ingresso si giungeva percorrendo un vialetto in terra battuta. L'edificio era composto da due piani: al piano terra un'ampia cucina, una specie di salotto e un piccolo servizio; al primo tre camere da letto di cui due, appunto, venivano affittate. Fratello e sorella dormivano nella stessa stanza. C'era un unico bagno.

Quale fosse il movente dell'omicidio non era specificato, ma la guardia propendeva per un raptus di follia del giovanotto. Una discussione degenerata in litigio, quindi la furia omicida e infine la fuga. Impossibile dirlo con certezza dato l'isolamento in cui i due vivevano. Tutto quadrava, però. Avevo giusto terminato di leggere quei fogli quando il padrone della pensione venne a bussare alla mia porta per avvisarmi che di sotto ero atteso.

7.

Erano in due. Uno era la guardia distrettuale; indossava la divisa e mi guardò avanzare verso di lui come se si fosse aspettato di vedere anche il sottoscritto bardato alla sua stessa maniera. L'altro era un individuo massiccio, del tipo giovialone, la mimica già pronta all'accoglienza. Si presentò allungandomi la mano e mi diede il benvenuto articolando per bene il suo nome. Ciononostante non lo compresi, colsi meglio invece la qualifica che fece seguire: presidente del costituendo consorzio turistico di Spatz.

– E cosí hanno voluto scomodarla per niente, – disse. Un caso che si era risolto in quattro e quattr'otto, praticamente da sé. La guardia, che era rimasta zitta fino a quel momento, accompagnò le parole del Massiccio con un lieve movimento del capo. La giacca gli stava larga, le maniche coprivano metà dorso delle mani. Volevo sentire la sua voce, lo fissai.

– Magari avete anche una confessione? – chiesi.

Il Massiccio fece un movimento, come se dovesse assestarsi sulle gambe, distribuire meglio il peso. La guardia deglutí, dalla gola gli uscirono tre parole.

– Per il momento…

Il Massiccio corse in suo aiuto.

– Non può essere andato lontano, se mi capisce, – disse. – Ha… ha inteso di che soggetto si tratta…

– È ancora libero, insomma, – dissi.

– Non per molto, – replicò la guardia, accompagnando la risposta con un colpo delle spalle.

Mi sarebbe piaciuto approfondire il senso di quella frase, ancora una volta composta di tre parole. Ma il Massiccio intervenne di nuovo, da uomo di mondo. Perché diavolo ce ne stavamo lí in piedi tutti e tre come belle statuine? Non era meglio mettersi comodi e rilassarsi un po' alla fine di una giornata?

– Sediamoci, – disse. – Magari beviamo qualcosa.

Mi invitò a precederlo, lui si sedette dopo, pesantemente, ma una volta accomodatosi prese in mano il pallino.

– Eh, questa nostra povera Spatz... – attaccò e allo stesso tempo fece un gesto al padrone della pensione, immaginai per chiedere che portasse qualcosa da bere.

Spatz, in quella stagione, non era certo un divertimento. Dovevo averlo compreso da me, bastava dare un'occhiata in giro. Meglio la primavera, l'estate, con la possibilità di fare un sacco di belle escursioni e di godere un panorama cui l'inverno non rendeva merito. Ma ecco la novità.

– Il consorzio, – affermò il Massiccio.

Nel frattempo il padrone era arrivato con una bottiglia di liquore alle erbe.

– Quando il consorzio finalmente nascerà, anche in inverno la vita qui subirà un deciso cambiamento.

Il primo bicchierino di liquore finí d'un volo nella gola del Massiccio. Io lo seguii, buttai giú il mio, la guardia ne aveva bevuto un sorsino, ero certo che si aspettava altre domande da me. Il Massiccio invece aveva ripreso la sua tiritera sul consorzio di Spatz. Pensioni e commercianti tutti affiliati, anche il fondovalle, una forza d'insieme che avrebbe potuto far ascoltare la propria voce, ottenere finanziamenti, costruire nuovi impianti, tracciare nuove vie in sicurezza per le salite, centri benessere, tutto ciò che attirava i turisti. Locali da tempo chiusi avrebbero finalmente riaperto. Spatz si sarebbe lanciata anche nel turismo invernale facendo concorrenza ad altre località che al momento godevano di maggior fama.

– Usciremo dall'isolamento, – affermò, riempiendosi per la seconda volta il bicchiere. – E le guide turistiche non ci citeranno piú solo per quella stupida rievocazione...

– Ne so qualcosa, – dissi, riuscendo a inserirmi nella facondia del Massiccio.

– Ah! – fece lui.

– Ma io sono qui per l'omicidio, – aggiunsi.

– Gradisce? – fece lui accennando alla bottiglia.

Gradivo.

– L'omicidio, dunque, – riprese versandomi da bere.

Era una brutta storia, sí, però non piú brutta di tante altre. E chissà quante ne avevo viste io che venivo dalla città. Quei due erano strani, solitari.

– Lui, poveretto...

E anche lei tutto sommato, se avesse dato retta a chi le aveva consigliato di ricoverarlo da qualche parte...

– Sí, una brutta storia, – ammise di nuovo il Massiccio. Ma che si sarebbe chiusa a breve, non poteva essere altrimenti, dopodiché bisognava guardare avanti, al futuro, al consorzio turistico. Non riuscivo a capire se lo facesse apposta a insistere sul suo consorzio per deviare il discorso e impedirmi di affrontare il motivo della mia presenza in quel posto. Approfittai dell'istante in cui si interruppe per trangugiare il terzo bicchierino di liquore e mi rivolsi direttamente alla guardia.

– Ho letto il suo verbale, – dissi. – Ha fatto un ottimo lavoro.

Quello arrossí e il Massiccio, ormai congesto in viso, gli batté una mano sulla coscia; ebbi l'impressione che il gesto fosse una specie di segnale: adesso, dopo la mia uscita, anche lui poteva parlare. Finí il mezzo bicchiere con il quale sino ad allora si era trastullato e mi chiese se volessi visitare il luogo del delitto.

– Magari non adesso col buio, – aggiunse poi, con un mezzo sorriso.

– Domani, – dissi.

La lingua ormai gli si era sciolta, e dubitai che fosse per merito del liquorino. Lo ascoltai indirizzandogli cenni di approvazione mentre mi informava che il corpo della ragazza, per il momento, era stato portato nella camera mortuaria del cimitero. Naturalmente dopo che il necroscopo l'aveva ispezionato.

– Avete un necroscopo? – chiesi stupito.

Il Massiccio fu lí per intervenire, ma la guardia lo anticipò.

– È il nostro medico, – disse. Non risiedeva a Spatz, ci saliva due volte alla settimana, oppure in casi particolari come quello che si era appena verificato. Era un medico vecchio stampo, aggiunse, di quelli abituati a fare un po' di tutto: assistere a un parto, tagliare ascessi, sistemare arti rotti.

– Vecchio stampo, – ripeté.

– Ce ne sono sempre meno, – confermai, prendendo la bottiglia e proponendo un altro giro. Il Massiccio alzò una mano, la guardia lasciò fare. Mentre portava il bicchiere alle labbra gli chiesi chi avesse scoperto il corpo della ragazza. Si bloccò, rimanendo con il braccio a mezz'aria.

– Nel verbale non è indicato, – spiegai. – Forse le è sfuggito.

– Può essere, – rispose. Si affrettò a informarmi che era stato il postino durante il suo giro. – Un colpo di fortuna, – aggiunse. Perché, data la posizione della casa e la vita ritirata che i due conducevano, sarebbero potuti passare molti giorni prima che qualcuno scoprisse l'accaduto. Il postino, invece...

Si interruppe per il sopraggiungere del padrone della locanda che, circondato da un odore di cucina, ci informò: – La cena sarebbe quasi pronta.

Il Massiccio riprese il pallino.

– La cena è sacra, gli affari possono attendere, – disse ridendo e cominciando ad alzarsi con piú di un impaccio. – Cos'hai preparato di buono al nostro ospite? – chiese poi rivolgendosi al padrone.

– Stufato di cervo con la polenta, – rispose quello.

Tutta roba che in città non si trovava facilmente, commentò il Massiccio ormai in piedi e con la mano di nuovo tesa.

Salutai lui e la guardia. Il padrone era rimasto accanto a me. Mi chiese se desideravo cenare da solo oppure con l'altro ospite della pensione. Ci pensai un secondo, un po' di compagnia non mi avrebbe fatto male. Anzi, forse sarebbe stato utile chiacchierare con qualcuno che, magari, conosceva meglio il posto. Accettai di condividere il tavolo. Prima, però, dovevo fare una telefonata.

8.

Non avevo alcun dubbio che l'avrei trovato ancora in ufficio, il suo orario di lavoro era quanto di piú elastico si potesse immaginare. Infatti il Maiale rispose. Ero curioso di capire come avrebbe reagito alla notizia che, a dispetto delle sue previsioni, la faccenda era tutt'altro che chiusa, giacché l'omicida, o presunto tale, era ancora in libertà. Stando cosí le cose, mi trovavo costretto a condurre un'indagine vera e propria, eventualità che, forse, il mio capo non aveva nemmeno preso in considerazione. Se mi aveva mandato lassú al solo scopo di fare un atto di presenza, convinto di avere tra le mani un omicidio risolto, udita la novità avrebbe potuto richiamarmi e sostituirmi: non me ne sarei meravigliato e non avrei potuto fare altro che ubbidire, riprendendo la strada del ritorno la mattina seguente. Dentro di me, però, non fosse altro che per una banale questione di praticità, speravo che mi lasciasse continuare, visto che ormai ero sul posto. Magari, riflettei, avrei potuto spingerlo a decidere in quel senso insinuando che qualcosa non mi convinceva pienamente nella dinamica dell'accaduto. Mi avesse chiesto cosa, avrei provato a raccontargli che, quando avevo chiesto di scambiare qualche parola con la guardia distrettuale, questa si era presentata in compagnia del Massiccio, come se avesse bisogno di aiuto. Ma a essere sinceri l'argomento non era dei piú convincenti, l'unico indizio a suo sostegno era che, tra le tante cose che aveva raccontato, a parte le chiacchiere sul consorzio, il Massiccio aveva tenuto a farmi sapere che si trovava alla pensione per puro caso e, saputo del mio arrivo, si era fermato con la sola intenzione di darmi il benvenuto e illustrarmi la situazione del luogo. Una puntualizzazione non richiesta, e perciò sospetta, che si sarebbe potuto risparmiare. Ma sarebbe bastato?

Su questo avevo ragionato, avvicinandomi al telefono che il padrone della pensione mi aveva messo a disposizione tirandolo fuori da sotto il banco della reception, e su questo ancora riflettevo mentre componevo il numero. Nell'attesa che il Maiale rispondesse cercai di ricordare quanta benzina mi restasse nel serbatoio; se mi avesse ordinato di rientrare, nessuno avrebbe potuto impedirmi di farlo immediatamente. Il «Sí» senza interrogativo della sua risposta mi riportò alla realtà. Cominciai a spiegare, ma non feci molta strada. Ascoltato che l'omicida, se cosí volevamo definirlo, era ancora in libertà, mi interruppe.

– Trovalo, – disse.

Laconico come sua abitudine. Non ebbi il tempo di proseguire, il telefono dall'altra parte era già muto.

9.

Ero soddisfatto. Non avevo considerato l'aspetto pratico della faccenda, il fatto che perfino uno tosto come il mio capo sarebbe stato in difficoltà a giustificare la sostituzione di un ispettore senza un motivo piú che valido, e che forse solo per quel motivo si era trovato costretto a lasciarmi lí. In ogni caso, mi godevo una piccola vittoria, e adesso, anche grazie al profumo che si stava spandendo nella sala e ai tre liquorini bevuti, l'appetito reclamava il pieno diritto alla mia attenzione. Grazie alla somma di tali elementi stavo vivendo una parentesi di beatitudine, e confrontavo la pace, il silenzio, i profumi del posto con l'aria inquinata che mi ero lasciato alle spalle, i rumori, il disordine, compreso quello di casa mia. Tanto per ricordarmi che non ero lí in veste di turista, tirai fuori dalla tasca un blocchettino su cui appuntai la parola «postino» giusto nel momento in cui il padrone venne ad avvisarmi che il tavolo era apparecchiato. Ebbi l'impressione che volesse sbirciare ciò che avevo scritto, quindi misi la mano sopra il foglio. Il padrone non mostrò di aver notato il mio gesto. Rimase lí, però, spiegandomi che aveva preparato nella sala del bar perché era il locale piú caldo della pensione. Aveva anche acceso il camino per rendere l'ambiente piú accogliente. Lo ringraziai, alzandomi per seguirlo mentre una pendola batteva le otto. Il mio commensale non era ancora arrivato, lo attesi sbocconcellando una fetta di pane nero. Si presentò un paio di minuti dopo e prima ancora di accomodarsi si scusò.

– Non vorrei essere di disturbo, – disse.

Lo rassicurai. Ero stato io ad accettare la proposta del padrone di cenare in compagnia, quindi, al massimo, ero io l'importuno.

– Lasciamo perdere allora, – replicò lui con un sorriso tirato.

Come sempre capita in occasioni del genere, dopo quel primo scambio di battute seguí un momento di silenzio. Studiai il suo viso cercando di non essere indiscreto, e mi confermai nell'impressione che avevo avuto vedendolo entrare, cioè che non fosse un turista o escursionista, che dir si voglia. Ma adesso era ora di riprendere un po' di conversazione, altrimenti saremmo caduti entrambi nell'imbarazzo del silenzio protratto.

– Mi fa piacere poter scambiare quattro parole, – dissi. Fino a qualche ora prima, scherzai, nemmeno sapevo dove si trovasse Spatz, conversare con qualcuno che lo conosceva meglio di me era una buona occasione per colmare la mia ignoranza.

– Lei è qui da molto? – chiesi.

– Quattro giorni, – rispose.

Aveva portato suo fratello alla clinica. Stavo masticando l'ennesimo boccone di pane, mi fermai.

– Alla clinica?

Bella sorpresa, non avevo la minima idea che da quelle parti esistesse una clinica.

– Lei allora è qui per altri motivi? – domandò Ermini.

Strano che non ne fosse informato, pensai, visto come giravano le notizie.

– Per l'omicidio, – risposi.

Sul volto del mio interlocutore scese un pallore improvviso. Fui sul punto di chiedere se la cosa lo turbasse, ma il padrone della pensione giunse in quel momento ad avvisarci che per la polenta bisognava attendere ancora qualche minuto. Nel frattempo ci aveva portato qualche antipasto.

– Affettati, – disse.

Anche quelli di loro produzione. La gente del posto faceva tutto da sé, compreso risolvere omicidi.

10.

Cenare con qualcuno che non ha appetito è imbarazzante. Io quel piatto di affettati l'avrei spazzolato in quattro e quattr'otto, ma notando lo sguardo di Ermini che li osservava con disgusto me ne servii solo un paio di fette.

– Non ha appetito? – chiesi, cercando di masticare con discrezione.

Scosse la testa.

– Sono in pensiero, – rispose.

– È per suo fratello? – insistei.

Annuí.

– Non vorrei essere indiscreto, – proseguii. Non volevo spingerlo a parlarmi di ciò che lo preoccupava. Della clinica piuttosto. Come gli avevo detto poco prima non ne ero assolutamente a conoscenza né arrivando avevo notato qualcosa che facesse pensare a un ospedale o cose del genere.

– Scoprirne l'esistenza non lo si può certo definire un colpo di fortuna, – rispose Ermini.

– Si trova fuori da Spatz? – mi informai.

Ermini scosse la testa.

– No, – rispose. – Si trova fuori dal Paese.

Forse non avevo compreso.

– Oltre il confine? – chiesi.

Ermini scosse nuovamente la testa.

– Non mi sono spiegato bene, – disse.

La clinica si trovava fuori dal nostro Paese, oltre i confini, ma non apparteneva a nessun'altra nazione, solo a sé stessa. Era sorta in quella striscia di terra di nessuno che i piú, da quelle parti, chiamavano terra morta.

Mentre il mio compagno di tavola parlava ne approfittai per sfilare altre fette di salumi. E infine accolsi con un bel sorriso il padrone che arrivò con due porzioni di polenta e cervo. All'oste non sfuggí che Ermini non avesse toccato cibo.

– Pensavo che un po' di compagnia le avrebbe stimolato l'appetito, – commentò.

Per tutta risposta Ermini lo guardò tra i fumi della polenta.

– Be', mi auguro che almeno a questo voglia fare onore, – insisté il padrone, indicando ciò che gli aveva messo sotto il naso. Per quanto mi riguardava non avevo bisogno di incoraggiamenti, il profumo era piú che sufficiente. L'antipasto non aveva calmato la mia fame, né era soddisfatta la mia curiosità su quella clinica di cui non avevo mai sentito parlare e che mi sembrò l'unico argomento possibile per evitare di mangiare in silenzio e in pratica da solo. Ermini, mentre io avevo già attaccato il mio piatto, rimaneva immobile a fissare il suo, senza decidersi a usare la forchetta che aveva in mano.

– Mi stava dicendo della clinica, – ripresi in tono colloquiale masticando un boccone. Ermini piantò la forchetta nella polenta, un gesto che mi fece pensare al bisturi di un chirurgo nell'atto di incidere la carne di un essere umano. Aveva detto che apparteneva a sé stessa oppure avevo compreso male?

– No, – disse lui.

La faccenda risaliva a una cinquantina di anni prima, quando in quell'area sorgeva un sanatorio che ormai aveva esaurito la sua funzione, visto che la tubercolosi era stata completamente debellata. Al tempo Spatz aveva ottenuto il via libera per costituirsi in distretto, uno degli ultimi del nostro Paese, e quel territorio del tutto abbandonato era di sua pertinenza. Ma era subito sorto un problema, perché quello spazio cosí ampio e disabitato rischiava di rendere molto difficile controllare la frontiera e prevenire le attività illegali, allora legate soprattutto al contrabbando. Cosí le due municipalità, quella di Spatz e quella d'oltrefrontiera, avevano concordato un trattato con il quale ridisegnare i rispettivi confini. In pratica a ridurre il proprio territorio era stato solo il distretto di Spatz, rinunciando all'area dove era sorto il sanatorio e creando cosí quella che, nel parlare comune, aveva cominciato appunto a essere chiamata la terra morta. Un cuscinetto fatto di niente che teneva a distanza di sicurezza due mondi.

– Quindi… – interloquii.

Quindi quell'area grigia che avevo visto sulla cartina prima di partire era la terra morta?

– Esatto, – confermò Ermini.

E quelle macchie piú scure non erano laghetti, ma gli edifici del vecchio sanatorio. Un luogo che per lustri non aveva ospitato altro se non i fantasmi dei malati che lí avevano tentato di guarire, oppure i passi di qualche svitato attratto dal macabro, affascinato dalle rovine o convinto di poter cogliere nell'aria quanto era rimasto delle parole, delle preghiere che l'avevano popolata.

– Fantasie che attaccano facilmente soprattutto in posti isolati, dove non succede quasi mai niente e ogni scusa è buona per movimentare un po' la vita, – commentò Ermini.

– Come la faccenda del ladro di cavalli e della sua impiccagione, – aggiunsi.

Lui confermò con un cenno del capo.

Sennonché una decina di anni prima era arrivato il professore.

– Professore? – chiesi.

Ermini scosse il capo.

– Non l'ho mai sentito chiamare altrimenti. Professore, nient'altro.

Era arrivato con l'intenzione di impiantare la sua clinica al posto del sanatorio, stabilendo una convenzione con i due territori confinanti che gli garantiva l'autonomia piú assoluta. In cambio si era assunto in toto le spese per la ristrutturazione degli immobili e aveva garantito che né lui, né alcun membro della sua équipe, un numero di persone limitato, avrebbero mai preso la residenza in quel territorio: chi aveva famiglia l'avrebbe lasciata dove stava, e anche chi non l'aveva avrebbe mantenuto la propria situazione, in modo da non creare problemi burocratici a nessuno.

– Una specie di isola fuori da ogni giurisdizione, – commentai.

– Con la differenza che intorno c'è la roccia al posto dell'acqua, – osservò Ermini.

Era ovvia, a quel punto, la mia curiosità riguardo al perché di una situazione tanto particolare. La spiegazione che mi diede Ermini fu concisa.

– Lí dentro trattano solo casi estremi, oltre il limite, quelli che altrove vengono definiti senza speranza.

Era l'ultima spiaggia per tanti.

– Anche per mio fratello, – disse.

I passi del padrone lo interruppero.

– Va tutto bene? – Guardò il mio piatto con un sorriso; quello di Ermini era pressoché intonso. Sospirò. – Se avete necessità di qualcosa non dovete fare altro che chiamare, – disse, e si allontanò. Cosa di cui gli fui grato perché ero impaziente di sapere dell'altro sulla clinica della terra morta.

Il professore aveva rilevato l'intero complesso del vecchio sanatorio. Un edificio costituiva la clinica vera e propria, due erano le residenze del personale, il quarto proseguiva la sua lenta rovina. Sul conto del professore giravano voci di varia natura. Secondo alcune una tragedia familiare l'aveva spinto ad abbandonare una brillante carriera di chirurgo per dedicarsi ai casi disperati. Secondo altre certi suoi atteggiamenti troppo disinvolti in sala operatoria gli avevano precluso il lavoro nelle strutture pubbliche. Quale che fosse la ragione aveva deciso di imboccare una strada che solo in un posto fuori dal mondo poteva battere. E con la collaborazione di persone che avevano accettato di vivere in una terra morta, dove venivano ricoverati individui che al loro arrivo, prima di ogni altra cosa, dovevano firmare una dichiarazione in cui rinunciavano alla vita.

Il cervo languiva nel piatto di Ermini. Giuro che, se me l'avesse offerto, per la gioia del padrone avrei spazzolato anche quella porzione. E ciò nonostante l'enormità di quanto avevo appena sentito.

– Rinunciare alla vita? – chiesi.

Cosa significava?

– Mi rendo conto che sembra una follia, – disse Ermini.

Ma un essere umano senza speranza non era già di per sé un morto? Rinunciare alla vita, nella filosofia del professore della clinica, non significava abbandonarsi alla fine, ma entrare in un'area grigia ben rappresentata dalla clinica della terra morta, liberarsi dalla coscienza come se si tornasse a essere embrioni inconsapevoli. Solo cosí, senza l'intralcio degli influssi della mente, anche gli interventi piú estremi potevano avere qualche aspettativa di successo.

Ero esterrefatto.

– Chi entra in quella clinica si cancella dal mondo, – proseguí Ermini. – Sparisce, abbandona la famiglia, se ce l'ha, la casa, il lavoro. Com'è facile immaginare, in molti casi non tornerà piú indietro, perlomeno da vivo. Ma per chi è davvero senza speranza, conta qualcosa lasciarsi alle spalle cose e persone cui, in qualche modo, hanno ormai detto addio?

Mi grattai la testa, non sapevo come replicare. Le parole di Ermini sembravano aver reso ancora piú greve il silenzio del locale.

– Mi dispiace averla annoiata con le mie chiacchiere, – riprese lui.

Da quattro giorni, da quando l'accettazione di suo fratello era arrivata e lui l'aveva accompagnato, non aveva fatto altro che rimanere in silenzio, a parte qualche frase banale scambiata con il padrone della pensione. Per il resto era andato e tornato dalla clinica in attesa che gli comunicassero quando avrebbero finalmente tentato l'intervento sul fratello. Osai chiedere da quale malattia fosse affetto.

– Loro lo chiamano un becco, – sorrise lui senza allegria. Un becco nel cervello, irraggiungibile a giudizio di tutti coloro che l'avevano esaminato. Un becco che si stava mangiando ciò che aveva intorno.

– E... – interloquii. Ermini comprese ciò che stavo per chiedere.

– Forse domani saprò qualcosa di piú, – rispose, era tutto quanto gli avevano detto quel giorno. I malati che entravano lí dentro dovevano essere preparati, prima dell'intervento, isolarsi da sé, staccare la propria mente dal corpo, entrare in uno spazio tra la vita e la morte richiedeva certi passaggi.

Non sapevo piú che dire. Intuivo, però, che non potevo rispondere al silenzio del mio interlocutore con altrettanto silenzio. Insistere sull'argomento non mi parve opportuno, bisognava dare una svolta alle chiacchiere, chiudere la serata allontanando l'impressione che la clinica della terra morta, con i suoi pazienti né morti né vivi, aveva prodotto. Mi sentivo appesantito dalla cena, dal silenzio, anche dagli sguardi fissi degli alpinisti e sciatori le cui fotografie erano appese alle pareti del locale, sorridenti e ignari, per il momento, del destino che li attendeva. Chiamai il padrone chiedendogli di portarci un po' di quel liquore d'erbe che mi aveva offerto all'arrivo. Constatò che Ermini aveva sfiorato appena il suo magnifico cervo, io ne compensai la delusione producendomi in una lode alla sua cucina tanto sperticata quanto fuori luogo.

– L'ho gustato come se non ci fosse un domani, – dissi. Solo dopo mi accorsi di quanto fossi stato stupido. Ermini sembrò non aver colto le mie parole. Versai il liquore per entrambi; prima di bere annusai e contemplai il colore del distillato, un verde simile a quello delle acque ferme degli stagni o delle dighe.

– Salute, – dissi, e come avevo visto fare in precedenza al Massiccio bevvi d'un fiato, sentendo il liquore bruciarmi l'esofago. Ermini non bevve. Il suo bicchiere restò appoggiato sul tavolo, un fine tremore gli agitava la mano. Distolsi lo sguardo, mi versai un secondo giro solitario.

Il bicchiere di Ermini era ancora pieno e al suo posto sul tavolo quando decidemmo che era ora di andare a dormire e ci augurammo la buonanotte.

11.

La finestra della mia camera incorniciava le tre cime del Danzas, appena innevate e sospese nel buio come in un quadro surrealista. La luna, coperta da quella centrale, si intuiva appena grazie a una fievole luminescenza, tanto debole che non riusciva a rendere visibile il contorno delle rocce fuso con la profondità della notte.

Avevo già notato che non c'era il televisore, ma in quel momento la cosa mi sembrò un affronto al dovere dell'ospitalità e mi indusse a mormorare insulti rivolti al Maiale, invece che al padrone della pensione, come se fosse il mio capo a essere colpevole di tale mancanza. Con i liquorini avevo cercato di scacciare il senso di oppressione che le parole di Ermini mi avevano lasciato, ed ero salito in camera convinto che, anche grazie all'abbondanza della cena, mi sarei addormentato in un amen. Non fu cosí. Mi prese al contrario una specie di rabbia che scacciò ogni traccia di sonno. Ero perfettamente sveglio, con sotto gli occhi l'unico spettacolo di quella montagna incombente, che cominciai a fissare stando sdraiato sul letto, senza essermi tolto i vestiti, in attesa che qualcosa accadesse e rimestando pensieri su quanto mi mancasse la mia casa, la città e ancora, appunto, un televisore davanti al quale addormentarmi. Cosa diavolo speravo accadesse non avrei saputo dirlo, stavo lí in silenzio, steso con le mani in tasca, facendo il tifo per la luna che lentamente veniva allo scoperto. Infine cominciai ad avvertire una certa pesantezza degli occhi, che mi avrebbe portato al sonno, credo, se non ci fosse stato quel rumore. Un rumore, ho detto, perché non capivo bene cosa fosse. Un latrato, decisi dopo un po'. Un abbaiare cadenzato, noioso, che avrebbe tolto il sonno a chiunque. C'era da chiedersi come mai il padrone del cane non si decidesse a farlo smettere, a meno che non fosse una bestia inselvatichita, libera di girare ovunque. Fu un pensiero che mi diede l'ennesimo brivido di quella prima serata a Spatz. Per scacciarlo tirai fuori il romanzo che mi ero portato dietro in valigia. L'avevo già iniziato, e mi era parso avvincente: narrava di un uomo che si era invaghito di una donna guardandola di spalle, attratto dalla meravigliosa forma della sua schiena. Di certo, proseguendo, la trama doveva riservare qualche sorpresa, a meno che non virasse verso una delle tante, sconfortanti storie d'amore, nel qual caso l'avrei mollato. Riga dopo riga, mentre aspettavo di vedere anch'io, al pari del protagonista, la donna di fronte, magari per scoprire che aveva un viso mostruoso, il sonno mi raggiunse. Di sorpresa, dovrei dire, perché quando poco dopo mi ridestai avevo il braccio che penzolava oltre il bordo del letto e il libro era in terra.

Era stato sicuramente un sonno breve, lo capii senza bisogno di controllare l'ora grazie alla presenza della luna che, ormai spuntata da dietro il Danzas e quasi piena, irradiava una luce giallognola, priva di forza. Non dovevo aver dormito piú di una ventina di minuti, mi sentivo intorpidito, avevo le mani e i piedi gelati. La cosa piú logica sarebbe stata darsi una mossa, svestirsi e infilarsi sotto le coperte, invece restai fermo, come se avvertissi la necessità di trovare la concentrazione per compiere quei piccoli movimenti. Poi tornai a sentire il cane, che sembrava piú vicino, quasi si stesse aggirando nei pressi della pensione:

piú che un latrato, adesso, sembrava emettere un mugolio. Non so perché, ma pensai al ladro di cavalli nel suo ultimo viaggio verso la forca, quindi immaginai un uomo che stava strozzando il cane, lo faceva lentamente, stringendo sempre di piú, senza mollare la presa mentre la bestia volgeva gli occhi a quella stessa luna che anch'io stavo guardando. La solitudine in cui mi trovavo e alla quale non ero abituato mi spingeva a credere a quelle fantasie. Mi diedi del cretino, rabbrividendo per l'ennesima volta, mi alzai di scatto per predispormi a infilarmi nel letto. Ma il mugolio, o lamento che fosse, mi immobilizzò ancora. Era vicinissimo, cosa che mi inquietò e mi spinse ad accendere la luce per avere una visione d'insieme della stanza. Sí, perché si era insinuata in me l'idea che lí, sotto il letto, nell'armadio, in uno dei cassetti ci fosse nascosto un animaletto sconosciuto, un essere di cui un cittadino come me ignorava l'esistenza, deciso con i suoi versi a rovinarmi la notte. Era l'ennesimo pensiero stravagante di quelle ore, tuttavia lo seguii sottoponendo la stanza a un controllo che, ovviamente, non diede alcun risultato. Eppure il lamento, il mugolio – non sapevo piú come definirlo – non cessava. Tesi l'orecchio sforzandomi di indovinare da quale direzione giungesse: la camera accanto alla mia, quella occupata dall'unico altro ospite della pensione, Ermini.

Decisi di andare a vedere cosa diavolo stesse succedendo.

12.

Evitai di accendere la luce nel corridoio e attesi che la vista si adattasse al buio, continuando ad ascoltare il lamento e convincendomi in modo definitivo che giungeva proprio dalla stanza di Ermini. Mossi qualche passo con cautela e fui davanti alla porta. Riflettei un istante sulla possibilità di andare a svegliare il padrone, doveva pur avere una doppia chiave per entrare e controllare se c'era un problema. Cassai l'idea e bussai, non ottenendo alcuna risposta se non un lamento ancora piú acuto. Era chiaramente il gemito di una persona che sta male e a quel punto non ebbi piú dubbi su ciò che dovevo fare. Poiché la porta era chiusa a chiave, ma per fortuna la toppa era libera, misi in atto uno dei tanti trucchi imparati in gioventú e mai dimenticati, come quello di forzare una serratura con un coltellino multiuso. Armeggiai un po' e girai la maniglia. I cardini cigolarono e ai miei occhi apparve uno spettacolo quantomeno singolare: Ermini era nel suo letto, visibile solo grazie alla soffusa luce lunare, che creava un effetto simile alla foschia, ma non completamente sdraiato, stava appoggiato alla testiera sorretto da due cuscini. In quella posizione non poteva non vedermi, ma ebbi la netta impressione che non si fosse accorto né che avevo aperto la porta né che adesso mi trovavo sulla soglia della sua camera. Dalla bocca aperta gli uscivano i versi che mi avevano tenuto sveglio, e solo allora compresi che erano anche parole. Stracciate, masticate, incomprensibili, ma parole. Ero impreparato a una situazione del genere, mi chiesi cosa fosse meglio fare, e pur non volendo mi trovai a pensare che anche il mio vicino di camera aveva qualcosa di strano, al pari delle altre persone che avevo conosciuto nelle ore precedenti. Qualcosa che mi sfuggiva, invisibile ma presente, come un profumo, un odore. Avanzai di due passi e lo chiamai sottovoce, senza ottenere risposta. Mi avvicinai ancora mentre lui continuava quella cantilena straziante e mi decisi infine a prenderlo per un braccio, a toglierlo da quella sorta di sonno in cui era immerso e chiedergli se stesse male. Lo scossi, e subito Ermini ebbe una reazione che mi lasciò di stucco. Di botto il lamento si interruppe e anche lo sguardo, che poco prima sembrava perso chissà dove, divenne presente; mi fissò senza alcuna sorpresa. Io restai fermo dov'ero, convinto che non mi riconoscesse, che avesse bisogno di qualche istante per rendersi conto di dove fosse. Lui continuò a fissarmi senza parlare, e solo dopo un po' si massaggiò il viso. Toccò a me rompere il silenzio.

– Si ricorda di me? – chiesi. Non mi sarei meravigliato se avesse risposto di no.

Invece rimase in silenzio ancora per parecchi secondi.

– Cos'è successo? – chiese infine.

Ecco, adesso dovevo giustificare il fatto che avevo forzato la porta ed ero entrato. Iniziai con lo scusarmi per essere lí. Gli raccontai che avevo sentito dei lamenti provenire dalla sua stanza e mi ero preoccupato. Cosí, non sapendo cosa fare e temendo che avesse bisogno d'aiuto avevo… insomma, ero venuto a verificare se c'erano problemi. Ermini mi lasciò parlare, di tanto in tanto spostando lo sguardo verso la finestra; la luna, ormai, era quasi per metà nascosta dietro la terza punta del Danzas. Al termine della mia spiegazione gli domandai di nuovo se stesse bene, se avesse bisogno di qualcosa, se in qualche modo potevo rendermi utile; avevo notato che continuava ad avere un po' di tremore, soprattutto alla mandibola, come se avesse freddo o magari un po' di febbre.

– Ho sognato, – disse, scandendo le parole.

Se mi scappò una mezza risata non lo ricordo, però sono certo che replicai in tono leggero, per sdrammatizzare la serietà con la quale aveva parlato; sul viso aveva una specie di ombra, come se avesse paura di qualcosa.

– Lo chiamerei piuttosto un incubo, non le pare?

Ermini non rispose. A quel punto, appurato che si trattava solo di una fantasia, per quanto poco piacevole, e che la mia presenza non era necessaria, potevo andarmene.

– Speriamo che non si ripeta, – dissi a mo' di augurio.

Mi aspettavo che anche lui rispondesse «speriamo», «me lo auguro», una cosa del genere.

– È la seconda volta, – precisò invece.

Mi bloccai. Cioè, ero già fermo, ma in procinto di augurare a Ermini la buonanotte e tornarmene di là, con l'intenzione di godermi qualche ora di sonno e di scacciare il freddo, che cominciava a essere insopportabile. Ma quest'ultima uscita, non fosse altro che per una questione di cortesia, mi imponeva di dire qualcosa. Forse commisi un errore, o al contrario ebbi un colpo di fortuna di cui al momento non mi resi conto, quando gli chiesi:

– Sempre lo stesso?

Ermini mi fissò con uno sguardo diverso da quello di poco prima, piú serio, dal quale l'ombra di inquietudine che avevo colto era sparita. Sembrava stesse valutando l'opportunità di rispondermi o lasciar perdere.

– Lei ha detto di essere qui per l'omicidio, – disse infine, e non era una domanda.

Lo guardai a mia volta, chiedendomi dove volesse andare a parare. Glielo avevo detto, è vero, a tavola, prima che lui mi raccontasse la storia della clinica. Sí, ero lí per l'omicidio, confermai.

– Ma cosa c'entra? – domandai, diviso tra la paura di perdere altro tempo dietro chissà quale vaniloquio e, devo ammetterlo, un pizzico di inspiegabile curiosità.

– Mi prenderà per pazzo, se glielo racconto, – mormorò passandosi una mano sul viso.

Ormai ero in ballo.

– Cosa?

– Il sogno.

Ecco, pensai, me l'ero cercata. Adesso mi sarebbe toccato rimanere lí, per di piú al freddo, sorbirmi il resoconto di un delirio su malattie, morte, interventi chirurgici disperati e chissà che altro. Il mio vicino di stanza non poteva che aver avuto un incubo legato alla situazione del fratello. E magari avrei pure dovuto assistere al penoso spettacolo di un uomo in lacrime e trasformarmi in angelo consolatore, scovare un trito repertorio di frasi per tranquillizzarlo. Ero in un vicolo cieco.

– La ascolto, – dissi.

Ermini non colse il tono della mia voce, assai poco convinto.

– Glielo ripeto, – attaccò, – non mi prenda per matto.

Quasi fatto, pensai.

Sorrisi, come per tranquillizzarlo. Ma ancora non si decideva. Mi invitò a sedere sul letto. La faccenda si annunciava piuttosto lunga, e questo accrebbe la mia impazienza, che per il momento tenevo a bada. Guardai il mio vicino di camera, sulla sua fronte brillava qualche goccia di sudore. Le tre cime del Danzas incombevano nel riquadro della finestra appena piú scure del cielo alle loro spalle; della luna non restava che uno sbiadito lucore.

– Avanti, mi racconti, – dissi.

Cominciò.

13.

– Sogno un maiale, – furono le prime parole di Ermini. Non erano certo quelle che mi aspettavo. Pensai immediatamente a una specie di scherzo per quanto assurdo potesse sembrare. Un maiale? Forse lo stesso che mi aveva mandato lí e che magari adesso si stava divertendo a pensarmi nel pieno della notte intento ad ascoltare i sogni di una mente disturbata? Chiusi gli occhi, pentendomi di ogni mia azione da un'ora a quella parte.

– Mi perdoni, – dissi, – potrebbe ripetere?

Ermini non si scompose. Sul suo viso comparve anzi una smorfia che poteva sembrare una richiesta di scuse.

– So che è strano, – disse. Ma, se avevo un po' di pazienza, forse potevo aiutarlo a capire ciò che a lui sfuggiva.

– D'accordo, – risposi, sempre piú convinto che non impicciarsi dei fatti altrui rende la vita meno difficile.

Un maiale quindi, lo invitai a riprendere.

– È dentro un recinto, nel fango, – disse Ermini. La cosa inquietante, proseguí, era che aveva la testa incastrata in un secchio ed era incapace di liberarsene.

– Tant'è che è ormai allo stremo, muove solo le zampe posteriori, sempre piú debolmente, soffoca. A un certo punto si lascia cadere di lato, continuando ad agitarsi inutilmente.

Ermini tacque un istante, deglutí. Era in evidente difficoltà, o magari intuiva che il mio esibito interesse era solo una forma di cortesia, che in realtà non vedevo l'ora di mollarlo e di tornare in camera. Non riuscivo a decifrare con certezza il suo stato d'animo, ma era chiaro che voleva dirmi altro, e dato che ormai ero in ballo decisi di dargli la soddisfazione di completare il racconto. Infatti, visto che restavo lí, riprese, precisando che il sogno iniziava dentro un buio compatto e che solo dopo...

– Solo dopo, – disse, staccando con cura le parole una dall'altra, – comincia a illuminarsi debolmente.

Lo guardai corrugando la fronte.

– La luna, – specificò lui.

Non mi permise di chiedere chiarimenti.

– Vedo la luna che fa capolino dietro una montagna con tre cime, proprio come il Danzas. La sua luce illumina appena la scena che sto sognando, gli ultimi fremiti del maiale. Poi mi sveglio.

Sveglio. Significava che il sogno era finito, che il mio compito era esaurito. Tale e quale a quello che avevo svolto per lunghi mesi seduto alla scrivania, registrando denunce, lamentele, e meravigliandomi il piú delle volte di quanto l'umanità potesse essere stravagante. Un'elegante frase di congedo e avrei riconquistato la mia camera. Ma Ermini, nel momento in cui stavo per aprire la bocca, scese dal letto. Vestiva una tuta, aveva calze spesse ai piedi. Non disse nulla, sembrava si fosse dimenticato della mia presenza. Fece due passi, si avvicinò alla finestra e si fermò, fissando il panorama che si intuiva appena nel buio, le mani dietro la schiena, silenzioso. Non era piú un'impressione, adesso ero sicuro che si fosse dimenticato di me, uno stato che mi metteva nella condizione di andarmene senza dire nemmeno una parola. L'interpretazione dei sogni non era il mio forte, pensai quasi sorridendo. Come in risposta, mi colsero di sorpresa le parole che uscirono dalla bocca del mio vicino di camera. Le pronunciò dandomi le spalle, sempre con lo sguardo che si perdeva al di là della finestra.

– La cosa assurda è un'altra.

Piú assurda di sognare un maiale con la testa incastrata in un secchio? Sarebbe stata la domanda piú logica, ma la tenni per me, adagiandomi sulla banalità.

– Quale? – chiesi.

Dopo qualche secondo Ermini si girò verso di me.

– Quel maiale, – rispose, – quel recinto, quel fango, li ho visti davvero. Non nel sogno. Sul luogo del delitto.

Mi fissò per calcolare l'effetto prodotto da ciò che aveva appena detto. Fui io, adesso, a deviare lo sguardo verso la finestra alle spalle di Ermini, non mi riusciva piú di guardarlo in viso. Da quando avevo messo piede nel distretto di Spatz mi sembrava di essere entrato in un mondo astruso, cosí diverso da quello cui ero abituato, e non era solo una suggestione dettata dall'ambiente, schiacciato sotto colori privi di vita. Tutte le persone che avevo incontrato mi avevano fatto sentire un alieno. Ermini, però, non era di lí. Possibile che fosse già stato contaminato dalla stranezza che ci circondava? E cosa potevo rispondere allo sguardo con cui mi stava fissando?

Una cosa qualunque, per prendere tempo.

– Come dice? – chiesi.

Lui fece un cenno di assenso col capo di cui non compresi il motivo. Poi chiarí.

– Non sono un visionario.

Mi sentii in difetto, il sospetto mi aveva sfiorato. Ma se era cosí mi trovavo di fronte a un soggetto con il quale era meglio andarci piano, usare cautela. Optai per una risposta rassicurante.

– Non l'ho mai pensato.

Un sorrisetto mica tanto allegro storpiò per un istante il volto di Ermini.

– Forse sta cominciando a pensarlo ora, – commentò.

Cautela, mi dissi, cautela! Ci mancava solo che una mia mossa sbagliata provocasse un accesso di rabbia o di violenza.

– Potrebbe trattarsi di semplice suggestione, – suggerii, – oppure di qualcosa che le ha risvegliato un ricordo lontano.

Scosse il capo.

– No, – disse, categorico.

No, ribadí. Dovevo concedergli ancora un po' di tempo e mi avrebbe spiegato. Perché era successo proprio quella mattina.

Ammetto che mi sentii del tutto spiazzato, senza la minima idea su come difendermi. Proprio cosí, perché avevo l'impressione che, se non fossi stato piú che attento, avrei finito per essere risucchiato anch'io in un territorio di cui non conoscevo le regole, le abitudini. Difficile spiegare cosa provassi in quel momento, credo che la percezione piú vera fosse un principio di paura.

Riflettevo su queste cose mentre Ermini aveva ripreso a parlare, confermando che ciò che mi aveva descritto nel sogno l'aveva visto, piú o meno esattamente, quella stessa mattina.

– Rientravo dalla clinica.

Era sconsolato, aveva sperato che infine fosse stato deciso qualcosa riguardo a suo fratello, una data precisa, ma il professore gli aveva fatto sapere che era necessario aspettare. La preparazione non era completa, la mente del paziente non aveva operato il distacco definitivo dal cervello, lasciandolo in quello stato vegetativo indispensabile all'abbandono totale. Dell'omicidio non si sapeva ancora niente, era stato il padrone della pensione a informarlo, con una premura che gli era sembrata fuori luogo.

– Non era certo la notizia migliore per tirarmi su di morale, – osservò Ermini. Né aveva voglia di passare il resto della giornata ad ascoltare i commenti queruli del padrone, cui la macabra novità sembrava aver dato la scossa. Con davanti a sé un'altra lunga giornata da riempire col niente, aveva preferito uscire, camminare, tenersi lontano da chiunque potesse importunarlo con chiacchiere di cui non gli importava niente. Tanto piú che il tempo prometteva di essere clemente e, sino a quella mattina, non aveva mai esplorato i dintorni di Spatz. Detto, fatto.

– Mi vergogno un po' a confessarlo, – disse Ermini.

Ma una volta fuori s'era fatto prendere dalla curiosità di visitare il luogo del delitto.

– Non saprei dire da cosa fossi attratto, forse dovrei ammettere con me stesso che la mia era pura e semplice morbosità.

In ogni caso ci era andato a piedi, seguendo le indicazioni che il padrone della pensione gli aveva fornito senza che lui le avesse chieste. Sul posto non c'era nessuno. S'era guardato intorno per un po', attento a dove metteva i piedi, piú che altro avvertendo la desolazione che lo circondava. Il silenzio appesantiva i pensieri già gravi che gli avevano fatto compagnia lungo il tragitto, riferiti al fratello, alla sua condizione, all'attesa che ancora si protraeva.

Poi aveva deciso di avvicinarsi alla casa dov'era avvenuto il crimine.

– Quel silenzio, – ripeté Ermini, girando lo sguardo nella camera quasi volesse dare un perimetro a quella parola, come se fosse una presenza che si poteva mostrare.

Da una finestra aveva sbirciato dentro la casa.

– Mi sentivo un po' idiota, ma avevo anche la sensazione che la compostezza del momento nascondesse qualcos'altro. Cosa non saprei dirlo nemmeno adesso. Rimasi lí a baloccarmi per un po' con quei pensieri, poi decisi di tornare sui miei passi. Invece dovetti fermarmi.

A quel punto ogni mio desiderio di essere altrove scomparve, smise di interferire con l'ascolto di ciò che il mio vicino di camera stava raccontando. Volevo sapere cosa l'aveva costretto a restare.

– Che è successo? – domandai.

Se mai aveva intuito le mie precedenti riserve nei suoi confronti, Ermini non lo diede a vedere. Non mi punzecchiò con battute tipo «adesso comincia a credermi?» o cose del genere. Proseguí con lo stesso tono.

– Un verso.

Accennai col capo senza parlare.

– Sembrava umano, – spiegò.

Strozzato, compresso. Aveva rotto il silenzio all'improvviso per poi svanire. Ermini aveva guardato per aria, scioccamente, come se un grido potesse avere una forma solida, ma un secondo verso, piú debole, l'aveva riportato alla realtà, facendogli intuire che proveniva da dietro la casa. Allora l'aveva aggirata con estrema cautela. Ed era stato cosí, giungendo là dove si apriva l'orto dei due fratelli, che aveva visto il recinto, il fango e il maiale, ormai in fin di vita.

– Tutto ciò che mi ha detto di aver appena sognato, – dissi.

Ermini fece cenno di no scuotendo la testa. Allora ritornai sulle mie posizioni di dubbio. Dico, non ero io a essermi immaginato le sue grida, a essere uscito dalla mia camera per entrare nella sua, svegliarlo eccetera. Non avevo mai sofferto di sonnambulismo.

– Non la sto seguendo, – dissi. E mi sarebbe piaciuto aggiungere che cominciavo ad averne abbastanza di quella faccenda; del freddo, e di stare lí ad ascoltare storie che non stavano in piedi.

– Ieri notte, – furono le parole di Ermini.

Scossi la testa poiché, pur avendo intuito quello che Ermini voleva dirmi, faticavo a capirlo, forse a crederlo. Lui non mi diede il tempo di chiedere, ribadí la sua affermazione, la chiarí: quel sogno l'aveva fatto per la prima volta la notte in cui l'omicidio era avvenuto. E adesso si era ripetuto.

– Ma con una differenza, – specificò.

Devo confessare che a quel punto mi sentivo prossimo a un limite, come se mi trovassi su un confine; il mio pensiero corse a quella terra morta di cui sino al giorno prima non sapevo niente. Un passo indietro e sarei tornato a essere il pragmatico ispettore di città, anche troppo simile a certi colleghi di carta descritti nei romanzi gialli. Un passo indietro che non feci.

– Quale differenza?

Quasi non avevo sentito le parole uscirmi di bocca.

– Questa, – fu la risposta di Ermini indicando con un lento gesto del braccio la finestra che gli stava di fronte.

Il secondo sogno avveniva nel buio completo, non compariva nessuna luce di luna. Per il resto era simile al precedente. Stavo per chiedere se attribuisse a quella circostanza un significato particolare quando un rumore di passi proveniente dal corridoio mi zittí. Poi qualcuno bussò.

14.

Il padrone aveva una faccia ilare, le gote arrossate, un'espressione che alla blanda luce proveniente dal corridoio mi ricordò quella di un nano da giardino. Anni prima avevo frequentato una ragazza il cui padre aveva una vera passione per questo singolare oggetto d'arredo esterno; nel piccolo prato davanti a casa ne aveva seminati una manciata. Uno dei litigi piú feroci che ebbi con lei fu proprio quando mi permisi di ironizzare sul gusto del genitore. Il padrone-nano da giardino si era fermato sulla soglia della camera sporgendo all'interno la sola testa. Disse che era andato a far visita a un amico e tornando aveva notato la luce nella mia camera. Era salito per sincerarsi che tutto fosse a posto e aveva sentito le nostre voci.

– Insomma, nessuno sta male? – chiese sorridendo. Non fosse mai che la sua cucina producesse disastri. Mi assunsi io il compito di tranquillizzarlo, niente problemi di stomaco, la sua polenta e cervo era una delle cose piú digeribili che avessi mai mangiato.

– Visto che entrambi non avevamo un gran sonno ci siamo persi un po' in chiacchiere, – specificai. Mi spiaceva di aver lasciato accesa la luce della camera; chiesi scusa per il disturbo che gli avevo arrecato.

– Non c'è di che, – rispose lui. Rimase sulla soglia. Sul viso gli comparve una smorfia maliziosa con la quale anticipò una domanda.

– Perché chiacchierare con la luce spenta?

Il tono mi ricordò quello che spesso usavo durante gli interrogatori quando volevo tendere un tranello a chi avevo di fronte, convinto che mi stesse nascondendo qualcosa.

– Per godere in pieno di questa vista, – risposi, indicando col braccio la finestra, lo spettacolo della notte profonda, le tre cime del Danzas che sembravano porte aperte sul buio che regnava al di là.

Una vista, aggiunsi, che come poteva ben immaginare, in città non era certo usuale.

– Già, – annuí il padrone.

Durante quello scambio di battute Ermini si era rimesso seduto sul letto, zitto. Il padrone lo guardò, forse si aspettava che anche lui dicesse qualcosa. Restò deluso. Che fosse soddisfatto o no della sua visita, ormai non gli restava che andarsene.

– Allora vi lascio, – disse infatti. Ma non si muoveva; stette lí qualche altro secondo.

– Dovesse servirvi qualcosa... – mormorò.

Pensai che forse avrebbe gradito che dessi la buonanotte a Ermini e tornassi nella mia camera in sua compagnia.

– Non dubiti, – risposi invece con il giusto tono per fargli intendere che non avevamo piú niente da dirci.

Lo ascoltammo strascicare i passi lungo il corridoio e scendere al piano terra per raggiungere le sue stanze, che chissà poi dov'erano.

Solo dopo che ebbe la certezza di non averlo piú tra i piedi Ermini aprí la bocca.

– Ha capito? – chiese, riprendendo il discorso interrotto.

Un accidente, avrei voluto rispondere. Ormai il sonno mi era passato, un po' meno il freddo.

– Non sono mai stato un'aquila, – replicai. – Capisco solo quando qualcuno mi spiega.

15.

La differenza stava nella luce, o nel buio se preferivo. Ermini parlò come se stesse ancora sognando. La luce inanimata della luna, che nel sogno della notte precedente aveva illuminato un poco il luogo dell'omicidio, nel secondo era sparita.

Giuro che non mi era mai capitato di cambiare cosí tante volte parere su un essere umano nel giro di poche ore. Sentendolo parlare di luce, e in un sogno per di piú, tornai a riflettere sullo stato mentale dell'uomo che mi stava di fronte. Aveva tutte le giustificazioni del mondo per non essere sereno, sentirsi confuso e di conseguenza confondere realtà, fantasie, sogni, però io non potevo farci niente. A parte ascoltarlo e fingere, per quanto potevo, di prenderlo sul serio mentre continuava a rimarcare la differenza tra i due sogni. La sola cosa che mi permisi fu di fargli presente che continuavo a non capire.

– Forse faremmo bene ad accenderla, la luce, – proposi, accennando al lampadario.

Lui si oppose.

– No –. In quel buio, disse, gli sembrava di riuscire a spiegarsi meglio, visto che il secondo sogno era avvenuto da poco e si era svolto dentro un'atmosfera simile.

– Era un buio come questo, – sottolineò, e nel tono della voce percepii un brivido che non attribuii al freddo della stanza. Forse riteneva di aver finalmente chiarito la questione, visto che si zittí di nuovo. Nel caso, sbagliava.

– In quello di ieri notte invece... – esitai.

– La luce, – ripeté Ermini.

Come già mi aveva detto, nel corso dell'altro sogno a un certo punto la scena si illuminava debolmente grazie alla luce della luna che usciva da dietro una delle tre cime del Danzas.

– La prima, – precisò.

Una luminescenza malata alla quale il buio della notte sembrava offrire resistenza. Tant'è che, a parte il luogo dove era avvenuto l'omicidio, il resto del paesaggio restava fitto, impenetrabile, quasi una cornice, un muro dipinto con la pece. Aggiunse che avrebbe voluto, o cosí gli pareva, spingere lo sguardo dentro quel buio, ma non ci riusciva, ritornava sempre sulla scena che mi aveva descritto.

– Questa mattina, quando sotto gli occhi mi è apparso ciò che avevo sognato, sono rimasto sbigottito, – disse Ermini.

– Posso immaginarlo.

– Tuttavia ero disposto ad archiviare l'accaduto come una sorprendente coincidenza, – proseguí.

Se non avesse rifatto quello stesso sogno poco prima, però, e con quella sostanziale differenza che aveva compreso nel momento stesso in cui io ero piombato nella sua stanza svegliandolo.

– Il buio, – ribadí.

Nessuna luce di luna sul luogo dell'omicidio.

Tacque, lasciandomi nell'imbarazzo di dover dire qualcosa, qualunque cosa pur di riuscire a dichiarare il mio bisogno di infilarmi a letto. Mi aiutò il campanile quando cominciò a battere le ore. Contai i rintocchi a uno a uno, mentre elaboravo la frase piú cortese per congedarmi senza offenderlo: dodici, mezzanotte. Fu allora che, spinto da una specie di allegra curiosità, e, non lo nego, convinto all'improvviso di poter spiegare il mistero che sembrava aleggiare nel racconto di Ermini, mi uscí quella domanda.

– Piú o meno si ricorda a che ora ha avuto il sogno ieri notte?

La mia idea era che Ermini potesse aver confuso la realtà con la fantasia. Il luogo in cui ero capitato grazie al mio capo sembrava essere stato creato apposta per distorcere la percezione del tempo: il silenzio e la pace che lo abitavano, reclamizzati come ideali per il riposo dello spirito, mi parevano ormai una malattia subdola capace di infiltrarsi in menti già turbate, come appunto quella del mio vicino di stanza. Io stesso, sebbene fossi lí solo da poche ore, avvertivo un disagio che mi faceva desiderare un rapido ritorno al mio disordinato quotidiano. Questi pensieri mi attraversarono veloci la mente, interrotti dalla risposta di Ermini.

– Presto, – disse.

Era rientrato in paese dalla clinica preda di una stanchezza non solo muscolare. Era il crepuscolo, e aveva atteso in solitudine l'ora di cena. Aveva atteso anche, inutilmente, che gli venisse un poco di appetito, ma non c'era stato niente da fare. A spingerlo presto in camera, oltre alla mancanza di fame, era stata anche la presenza fastidiosa del padrone della pensione, la sua insistenza affinché assaggiasse almeno una delle specialità della casa. In camera aveva temuto di dover affrontare una lunga notte insonne, invece si era addormentato quasi subito.

Fatti un po' di conti, il sogno doveva averlo fatto tra le nove e le dieci, in un momento in cui, a buio fatto, la luna passava tra le cime del Danzas. Riguardo al secondo, presunto sogno, non avevo bisogno di ulteriori informazioni. Io stesso avevo sentito il mio vicino di stanza lamentarsi circa un'ora prima, quando la luna aveva già compiuto il suo giro dietro le rocce della montagna. Non si poteva negare la singolare coincidenza temporale con il giro della luna e la sua presenza o assenza nei due sogni che Ermini mi aveva descritto. Sempre, naturalmente, che si trattasse di sogni e non di un'allucinazione e sempre che non stesse mescolando realtà e suggestioni. Prendere visione del luogo dell'omicidio poteva avergli confuso la memoria. Ma in fondo non era un problema che mi riguardava, e comunque non avrebbe potuto essere risolto in quel momento. Forse, dissi, adesso era meglio dormirci sopra, chiarirsi le idee. E riparlarne poi.

– Magari domani, alla luce del sole, – proposi. Quando i pensieri non avrebbero patito la pesantezza del buio, del silenzio.

– D'accordo, – rispose Ermini, scusandosi per avermi trattenuto cosí a lungo.

– Non si preoccupi, – replicai.

Prima di uscire guardai le scure cime del Danzas. Chissà la luna dov'era andata a finire.

16.

Mi serviva una bella sigaretta, una necessità che esplose non appena fui nella mia camera. Mentre ero rimasto ad ascoltare Ermini l'idea di fumare era scomparsa dalla mia testa. Per ripresentarsi con urgenza adesso. Neanche a farlo apposta, il pacchetto che avevo nella tasca della giacca era tristemente vuoto. Avevo l'accendino però, constatai con grande soddisfazione: in pratica ero a metà strada. Elucubrai per un po' intorno a quella condizione, una sorta di metafora della piega che aveva preso la mia carriera, per non dire la mia stessa vita: abbastanza giovane, con la qualifica di ispettore, ma da mesi col culo attaccato a una scrivania a repertare scippi, scazzottate e liti di condominio, e adesso in missione in un buco di posto circondato da montagne, sogni e maiali, veri in questo caso.

L'ultima volta che mi era capitata una cosa del genere, intendo di essere perseguitato dalla voglia di fumare senza averne la possibilità, ero al mare. In quell'occasione avevo le sigarette, ma l'accendino scarico. Stavo con una donna di cui ricordo soprattutto che era un'accanita non fumatrice, dalla quale dovevo nascondermi se volevo fare qualche tiro, subendo poi delle menate infinite appena annusava l'odore di fumo che mi rimaneva addosso. Be', era notte anche allora, avevo passeggiato per quasi un'ora lungo le stradine deserte del villaggio vacanza dove mi trovavo, spiando in ogni bungalow del cazzo con la speranza di scorgere una luce, qualcuno sveglio cui chiedere un accendino o un fiammifero, mentre la voglia di fumare aumentava alla velocità della luce. Alla fine, quasi rassegnato, mi ero imbattuto in un balordo che dormiva in spiaggia e l'avevo svegliato. L'avrei abbracciato quando mi aveva detto che anche lui era un fumatore. Mi aveva fatto accendere solo dopo che gli avevo mollato due sigarette. Io ne avevo fumate tre, di fila, tornando lentamente verso il mio bungalow con la certezza che l'intenso odore di fumo avrebbe svegliato la mia compagna dando la stura all'ennesima rottura di balle.

Il pacchetto che avevo acquistato salendo verso Spatz era in macchina, chiuso nel vano portaoggetti. Su ciò che dovevo fare non era nemmeno il caso di riflettere. In quel momento l'unica cosa che mi interessava era averlo tra le mani; il desiderio del fumo prevaleva su ogni altro pensiero, fossero i sogni di Ermini o anche il fatto, nemmeno cosí secondario, che nonostante tutto l'omicida, o presunto tale, fosse ancora latitante. Uscii dalla camera nella luce smorta del corridoio, le narici punte dall'odore delle pareti di legno. La scala che portava al piano terra non era illuminata, la discesi con cautela, ci mancava che mi facessi male, allora sí che potevo dire addio alla mia carriera: il Maiale mi avrebbe destinato agli archivi e dimenticato lí. Ormai giunto di sotto, presso il salottino dove avevo atteso seduto l'ora di cena, udii una voce. Aveva il tono di chi blandiva, cercando di convincere senza voler passare a volumi piú alti. La riconobbi in quella del padrone della pensione; veniva dall'ufficio dietro il banco della ricezione e mi fu chiaro che stava parlando al telefono, poiché nessuno rispondeva alle sue parole. Cosa stesse dicendo non riuscivo a capirlo, dovevo avvicinarmi, cosa che feci, con tutta la cautela possibile, ubbidendo a un istinto professionale. Nel momento in cui fui a ridosso del banco, in grado di sentire, tacque. Che avesse finito la telefonata? No, stava ascoltando chi parlava all'altro capo del filo. Perché poi riprese.

– Meglio non correre rischi, domani potrebbe essere tardi.

L'interlocutore obiettò qualcosa di breve che provocò nel padrone uno sbuffo.

– Tu vacci, – ribatté, strozzandosi in gola un tono che stava virando verso la rabbia.

– E adesso, – aggiunse poi. Adesso, subito. Perché «quello» aveva programmato un sopralluogo nella casa per l'indomani.

– E vogliamo stare tranquilli, – concluse, ma dopo aver deposto la cornetta; percepii il rumore. Lo sentii sbuffare. La voglia di fumare se n'era andata di nuovo, come poco prima. Ciò che avevo appena sentito mi aveva messo in allarme. «Quello» dovevo per forza essere io. Chi infatti, se non il sottoscritto, aveva messo in programma un sopralluogo? E dove, se non sulla scena dell'omicidio? Deglutii, dovevo decidere cosa fare. Attesi qualche secondo per capire le intenzioni del padrone. Non sentivo rumori giungere da dietro la porta. Magari se ne stava seduto a guardare il telefono e a riflettere. Insomma, mi concesse il tempo di fare dietro front e riprendere le scale; mi bloccai su uno scalino quando lo sentii muoversi dall'ufficio. Che volesse uscire? Tutt'altro. Chiuse, appoggiò le chiavi sul banco e sparí nel buio della sala da pranzo, diretto – immaginai – verso le sue stanze private. Allora ebbi chiare le idee, seppi cosa fare.

Tornai nella mia camera restandovi una decina di minuti senza accendere la luce. Volevo che il silenzio piú totale mi desse la garanzia che nemmeno un'anima fosse sveglia a quell'ora, in quel posto del cazzo, prima di dare corso al mio progetto. Rimasi in piedi davanti alla finestra con sotto gli occhi le tre cime del Danzas, piú scure del buio che le circondava. Sembrava che si fossero avvicinate, suggerivano una sconsolante idea di segnali d'avviso che non ero in grado di interpretare, come se provenissero da un altro mondo. Un mondo, però, che non sembrava proteso nel futuro, antico piuttosto, arcaico, un mondo nel quale le mie parole e il mio aspetto sarebbero stati visti come una stranezza e niente piú. A quell'ora, di solito, a casa mia stavo guardando qualche bel poliziesco alla televisione dopo aver ingollato piú di una birra. Invece eccomi lí a fissare tre cazzo di rocce simili a denti, sviluppando pensieri che mi sarei vergognato di confessare a chiunque. D'altronde la montagna non mi era mai piaciuta. Trascorso un quarto d'ora uscii in corridoio e andai a bussare alla porta del mio vicino di camera.

17.

Magari Ermini fumava e avrei potuto scroccargli una sigaretta. Ne dubitavo, però, mentre eravamo a tavola non avevo notato nessun alone giallo sulle dita. Decisi di non chiederglielo, avrei patito troppo la delusione. Bussai con discrezione ed entrai senza attendere risposta, la porta della camera era aperta. Non mi stupí trovarlo ancora sveglio, a letto ma seduto, appoggiato alla testiera. Né lui diede mostra di stupore vedendomi di nuovo lí nella sua camera. Forse credeva che fossi tornato per riprendere le chiacchiere sui suoi sogni. Per il momento nessuno dei due aveva ancora aperto bocca. Fui io il primo; gli chiesi di non accendere la luce e di parlare a bassa voce, proprio come stavo facendo io. L'intera Spatz stava dormendo e niente e nessuno doveva rovinarle il sonno.

– Adesso mi spiego, – attaccai.

Gli dissi che dopo il nostro colloquio, essendomi venuta una voglia pazzesca di fumare, ero sceso di sotto con l'intenzione di uscire e andare a recuperare le sigarette che avevo nel vano portaoggetti della macchina. Feci una pausa. Gli avevo appena confessato di essere un fumatore in astinenza. Purtroppo non ebbe reazione di sorta; proprio come avevo sospettato ero di fronte all'ennesimo non fumatore. Incassai la delusione e proseguii raccontandogli della telefonata che per puro caso mi era capitato di ascoltare. Insomma, l'idea che m'ero fatto era che in quel momento qualcuno si stava dirigendo verso il luogo dov'era avvenuto l'omicidio, la casa dei due. Ermini si sistemò sul letto ma non disse niente.

– Non trova che sia quantomeno strano? – domandai.

– Ne è sicuro? – ribatté lui.

Be', era quello che avevo dedotto.

– No, – risposi.

Per essere sicuro dovevo verificare di persona, andare sul posto. Quella era la ragione per cui ero tornato. Visto che lui c'era stato, conosceva la strada. Doveva indicarmela, mettermi nella condizione di arrivarci.

– Vorrebbe andarci adesso? – chiese lui.

– Proprio cosí, – confermai.

Lo sentii emettere un profondo sospiro. Stava cercando di ricordare la strada o valutando se era davvero il caso di rispondermi?

Non mi sfiorò il pensiero che di Ermini non sapevo quasi nulla e che, rivelandogli il mio proposito, mi stavo mettendo nelle sue mani.

– Potrebbe essere pericoloso, – mormorò infine, senza che quelle parole suonassero come un avvertimento. Fui lí per replicare che il pericolo faceva parte del mio mestiere, ma per fortuna mi resi conto in tempo di quanto la frase potesse suonare ridicola.

– Starò attento.

– Non è complicato, – riprese, e passò a spiegarmi la strada che, in effetti, non era particolarmente difficile da memorizzare. Scesi le scale reggendo le mie scarpe da cittadino in mano, col timore che le chiavi non fossero piú sul bancone. Erano ancora lí, invece, e in un amen fui all'esterno della pensione, nella piccola piazza di Spatz. L'impressione era quella di trovarsi sul bordo di un cratere. Di fronte a me, a pochi passi, c'era la mia macchina, che in quel momento era un enorme pacchetto di sigarette; scacciai il pensiero di andarle a prendere, non volevo correre il rischio che qualcuno mi vedesse. Mi tenni stretto al muro della pensione e a quelli delle case adiacenti. Percorsi un centinaio di metri e, come Ermini mi aveva spiegato, subito prima della chiesetta, incrociai un viottolo sulla destra. Lo imboccai e in un attimo fui fuori dall'abitato; ebbi la sensazione che fosse ancora piú piccolo di quanto già sembrava. Come se al buio si fosse accartocciato, contratto ulteriormente. Adesso davanti a me avevo una sterrata con un fondo sconnesso che avrebbe messo a dura prova le sospensioni della mia auto; secondo le istruzioni dovevo seguirla per circa un quarto d'ora, poi avrei incontrato un sentiero, un sentiero vero e proprio, aveva sottolineato Ermini, ancora una volta a destra. Lí sarebbe cominciata la parte piú rischiosa della mia passeggiata notturna, poiché il lato a valle del percorso dava su un pendio scosceso e non c'era alcuna protezione.

Camminavo da un paio di minuti quando iniziai a sentirmi inquieto. Non avevo udito rumori sospetti, ma era proprio quello a tenermi all'erta. Forse che gli animali selvatici si fanno annunciare prima di saltarti addosso? La mia esperienza della natura si limitava a qualche lettura e a un paio di documentari, e in quel momento intorno a me c'era una quiete stupefacente: la tipica atmosfera che illude la vittima ignara e prelude alla sua fine. Per analogia, mentre avanzavo tra le buche e di tanto in tanto gettavo occhiate alle mie spalle, paragonai il silenzio che mi avvolgeva a quello che avevo sentito piú volte in tribunale prima che il giudice pronunciasse il verdetto. Che, manco a dirlo, nella maggior parte dei casi era di condanna. Quando misi in fallo un piede, rischiando una bella distorsione, tornai a concentrarmi su ciò che stavo facendo, al diavolo bestie feroci e magistrati.

A occhio e croce il quarto d'ora di buon passo era trascorso; la deviazione sulla destra non doveva essere troppo lontana. Per non distrarmi ancora visualizzai Ermini mentre mi spiegava il tragitto, i suoi gesti, le mani che indicavano la direzione, finché trovai il sentiero. Compresi al volo perché Ermini mi aveva detto che poteva essere pericoloso. Una mulattiera del cazzo, che magari alla luce del sole uno percorre fischiettando, ma di notte e senza una torcia... Se qualcuno mi avesse visto in quel momento mi avrebbe di certo rimproverato perché non me n'ero portata una. Be', nel caso gli avrei risposto che conoscevo metodi molto piú efficaci per essere individuato, come per esempio avvisare il padrone della pensione di quella gita fuori programma; di cui, mi colse fulmineo il pensiero, l'unico a essere informato era un vicino di camera che conoscevo appena.

La cosa strana era che in qualche modo mi sentivo attratto dall'oscurità che si stendeva sulla valle disabitata, cosí profonda che non se ne indovinava il fondo. Non so dire se fosse suggestione, però avevo l'impressione di ondeggiare, e che alla mia sinistra ci fosse uno strato d'aria solido sul quale era possibile camminare. Avvertivo come un invito sorridente a tentare il salto, quasi fosse un gioco in cui al massimo si rischiava una penitenza finale. Da non credere quanto quel posto mi stesse scombussolando il cervello. Mi diedi dell'imbecille e ripresi il cammino piú deciso, senza peraltro riuscire a scrollarmi di dosso l'idea che in quel buio qualcosa mi chiamasse senza voce.

Ogni pensiero assurdo svaní appena scorsi la casa dei due fratelli. Bassa, solitaria, ne distinguevo il profilo. Mi accorsi di essere sudato; mi strinsi un po' nelle spalle e proseguii fino al cancelletto che chiudeva il viale di accesso alla casa.

All'improvviso notai una luce. Fu un istante, comparve e scomparve al piano terra. Non dubitai di averla solo sognata, mi fermai in attesa di rivederla. Il sudore cominciò ad asciugarsi, il freddo a farsi sentire.

Avanzai verso l'ingresso. Quando ero ormai nei pressi della porta la luce di una torcia illuminò una finestra del primo piano, quello dove, stando al verbale, c'erano le camere da letto dei padroni e degli ospiti. La definitiva certezza che dentro la casa ci fosse qualcuno mi fece rammaricare di non avere con me un'arma, anche solo un bastone, a tenermi compagnia. E dire che, disobbedendo al Maiale, la pistola l'avevo portata. Purtroppo adesso era in macchina, chiusa nel vano portaoggetti insieme con le sigarette.

18.

Pareva che la persona nella casa si divertisse, giocasse. La luce della sua torcia disegnava segmenti, composizioni effimere, strisce che, sbirciando da una delle finestre al piano terra, mi permettevano di cogliere qualche particolare dell'interno. Durante certe notti insonni anch'io talvolta, giocavo cosí. Tenevo una sigaretta accesa tra le dita e l'agitavo, creando figure che svanivano all'istante; giurai a me stesso che ne avrei fumate tre, quattro di fila una volta che fossi riuscito a mettere le mani su quel pacchetto chiuso in macchina. Continuando a sbirciare valutai che l'intruso agiva nella massima tranquillità, senza timore che qualcuno lo stesse osservando. Ciò mi diede modo di ragionare con altrettanta pacatezza, predisporre ciò che dovevo fare e non rimpiangere troppo di essere senza un'arma. Intanto l'ombra con la torcia in mano continuava il suo lavoro con metodo, senza buttare nulla in terra. Era evidente che stava cercando qualcosa di piccole dimensioni. Inutile perdere tempo a immaginare cosa potesse essere. Il vero obiettivo era identificare lui, se fosse stato possibile.

L'assassino che torna sul luogo del delitto, come nelle trame piú fruste dei romanzi gialli? Ma l'assassino non era il fratello della vittima? E allora che bisogno aveva di setacciare la casa come stava facendo la figura che avevo sotto gli occhi?

Il suo agire era, né piú né meno, quello di un comune ladro. Ma se fosse stato solo un ladro, io non sarei stato lí, in quel momento, a scrutarne le mosse. Era un altro il motivo che mi aveva spinto a compiere quella passeggiata tutt'altro che rilassante. Anzi, i motivi erano due, per la precisione. Scoprire l'identità dell'individuo che aveva parlato al telefono con il padrone della pensione e capire cosa fosse venuto a recuperare con tanta urgenza nella casa. Valutai che difficilmente sarei riuscito a risolvere i due enigmi contemporaneamente; arrestare ora il tizio non sarebbe stata una mossa furba, se volevo scoprire di piú su quella faccenda. Ma perlomeno dovevo lasciare su di lui una traccia che avrei potuto seguire anche l'indomani. Fare come Pollicino, insomma. Sostituendo alle molliche di pane qualcos'altro.

Dalla finestra mi spostai verso la porta d'ingresso, schiacciandomi contro il muro. Una certa idea aveva preso corpo dentro di me, e peggio per il tipo là dentro, chiunque fosse: avrei fatto in modo che portasse su di sé un segno di riconoscimento a mio esclusivo beneficio. Bisognava però stare attenti. Un errore avrebbe compromesso la mia presenza a Spatz, e soprattutto avrebbe attirato definitivamente su di me le ire del Maiale, che mi aveva spedito lí proprio con la raccomandazione di non fare stupidaggini. Comunque dovevo correre il rischio. Udivo i rumori di ante che si aprivano e chiudevano, vedevo i riflessi della torcia, il cui fascio di luce di tanto in tanto intersecava la finestra alla mia destra; aspettavo e intanto pensavo. Sapevo bene che in certi momenti pensare equivale a distrarsi. Continuare a rimuginarci su mi avrebbe portato a riconsiderare l'azione che avevo in testa, forse ad abbandonarla. Ma la torcia si spense, un richiamo al presente, e si spensero anche i miei dilemmi. Mi irrigidii. Passò qualche istante di silenzio assoluto. Quindi percepii i passi dell'intruso, gli scricchiolii del pavimento di legno. Poi la sua voce; canticchiava. La felicità per aver portato a termine la missione, con tutta probabilità aveva trovato ciò che aveva a lungo cercato.

La porta di casa si aprí con lentezza, ma l'ignoto visitatore non uscí subito. Capii che si era fermato sulla soglia come se solo in quel momento, scrutando un buio dentro il quale doveva trovarsi molto piú a suo agio di me, stesse assaporando la soddisfazione per il risultato raggiunto. Approfittai del momento in cui mosse un passo verso l'esterno, cominciando a zufolare, per colpirlo una prima volta. Tra le gambe, provocando, come ben sapevo anch'io, un arcobaleno di dolore che ti obbliga a chinarti in avanti portando istintivamente le mani all'inguine. Non gli diedi il tempo di reagire, passai subito al secondo atto e gli rifilai una ginocchiata sul naso, avvertendo l'inevitabile scricchiolio di ossa e cartilagini. Stramazzò a terra senza nemmeno un gemito, cadendo in avanti e perdendo qualcosa che teneva nella mano destra. La prima cosa che feci fu controllare se fosse svenuto. Pareva proprio cosí, perlomeno era in una fase di shock dopo i colpi subiti, ne approfittai per raccogliere l'oggetto che gli era sfuggito pensando a chissà che. Lo trovai tastando nell'oscurità. Era una specie di agendina. Per qualche ragione non pensai affatto che fosse ciò per cui il tizio era venuto fin lí, comunque me la infilai in tasca, anche perché, nel frattempo, quello aveva emesso un paio di versi, pur senza muoversi, e io dovevo frugarlo alla ricerca, appunto, di ciò che aveva determinato la sua, e di conseguenza la mia, incursione notturna. A parte la torcia, però, non aveva addosso niente altro, men che meno armi. Mi venne la tentazione di illuminargli il viso per memorizzarlo, ma rinunciai, non valeva la pena correre il rischio che anche lui, in qualche modo, riuscisse a vedermi. Il colpo al naso avrebbe lasciato segni evidenti per giorni. Incontrandolo per le strade di Spatz l'avrei sicuramente riconosciuto.

A quel punto avrei potuto andarmene, ritornare alla pensione e mettermi a letto per qualche ora. Invece rimasi.

19.

Attesi che il tizio si riprendesse. Prima di muovermi volevo capire le sue intenzioni. E soprattutto evitare di averlo alle spalle quando sarei tornato sui miei passi.

Nascosto dietro la parete laterale della casa, mi chiusi nello stesso silenzio che mi circondava, le orecchie tese. Ci volle un po', dieci minuti, un quarto d'ora, forse mezz'ora, difficile calcolarlo, poi mi giunsero alle orecchie dei rumori facili da decifrare. Quello tornò sulla Terra con una serie di gemiti e imprecazioni che mi strapparono un sorriso. So che è brutto dirlo ma fu cosí, la sua rabbia mi mise allegria. Lo sentii sollevarsi e ricadere un paio di volte, quindi tastare qua e là, cercando la torcia che non aveva piú e, probabilmente, anche quell'altra cosa che era al sicuro nella mia tasca. Una volta in piedi, anziché riprendere la via del ritorno rientrò nella casa, uscendone però quasi subito; si fermò ancora sulla soglia e liberò un'altra lunga serie di imprecazioni. Mi avventurai a spiarlo. Aveva un asciugamano premuto sul viso, il naso doveva fargli parecchio male. Sembrava interrogarsi su quale mossa compiere a quel punto, ma in realtà non aveva alternative, se non andare a cercare qualcuno che lo medicasse. Condividemmo il pensiero, probabilmente, perché subito, con passi appena incerti, imboccò il vialetto che portava al sentiero e sparí. Gli augurai buona fortuna e mi sedetti con la schiena appoggiata contro il muro, a guardare il buio, ad ascoltare il silenzio, ad attendere che trascorresse ancora un po' di tempo regalandomi la certezza di essere solo. E a riflettere con calma, visto che c'ero e avevo pure guadagnato una torcia con cui mi sentivo piú sicuro per il ritorno.

Ricordai quello che mi aveva raccontato la guardia, cioè che era stato il postino a scoprire il cadavere della ragazza. Il postino passa, infila quello che deve nella cassetta della posta, nota la porta di casa aperta, chiama per salutare, nessuno gli risponde. Allora apre il cancelletto e si avvia verso la casa spinto dalla curiosità, oppure dalla voglia di farsi offrire da bere, oppure per consegnare personalmente la lettera o cartolina che sia. Giunto sull'uscio sbircia all'interno, vede il cadavere e dà l'allarme.

Ero anch'io dentro casa, ora, la torcia in mano, accesa, il fascio di luce basso, giusto per vedere dove mettevo i piedi. Piú che la sensazione di essere sulla scena di un crimine avvertivo quella di essere dentro i confini di una vita altrui, come se nell'aria permanessero le tracce dei movimenti che i due fratelli avevano compiuto, delle parole che si erano scambiati in tanti anni di vita insieme. Tutt'altro che distraente, sotto quel pensiero sembrava esserci qualcosa che insisteva per indicarmi un particolare, qualcosa che avrebbe dato un senso al mio essere lí: non a Spatz, ma proprio nel luogo esatto in cui mi trovavo. Forse proprio il silenzio, quello che doveva aver permeato la maggior parte delle giornate dei due, data la particolare condizione del giovane e la determinazione della sorella a tenerlo con sé. Un silenzio che, magari, a volte diventava sin troppo ingombrante, gemello della monotonia di una vita sempre uguale, trascinata nell'attesa che ogni tanto comparisse qualcosa, o qualcuno, capace di interromperne il flusso. Anche solo l'arrivo di una cartolina, il postino che entrava per un saluto o per bere un bicchiere. Fu il figurarmi un evento cosí semplice, banale in fondo, a farmi venire lo scrupolo di ispezionare la cassetta delle lettere. Uscii e ripercorsi il vialetto senza usare la torcia, che accesi solo per constatare che nella buca non c'era niente. Poteva essere che il postino avesse... Ma a quel punto la ragazza era morta e il fratello già lontano da casa. Mi sembrò di sentire invece la voce del Maiale, didattica: «Interrogalo!» Ma lui era solo un pensiero, io invece ero lí, nel buio che gravava su Spatz. Nel farlo restai lí, sbirciando lo scorcio del vialetto, immaginando il mio capo obiettare che il postino, scoperto il corpo, avrebbe potuto rimettere nella borsa la lettera o quello che era per correre a dare l'allarme. Senza muovere le labbra mi sentii ribattere che si poteva considerare anche la possibilità che il postino non avesse niente da consegnare. In quel caso la domanda diventava: perché allora era passato dalla casa?

Fossimo stati nel suo ufficio sono certo che il Maiale avrebbe chiesto a qualcun altro di risolvere il mistero. Ma eravamo lí, immersi nel buio che gravava su Spatz, io in carne e ossa e lui solo un pensiero. Quindi toccava a me rispondere, e per farlo dovevo starmene tranquillo per un po', solo, al riparo da quel paesaggio di montagna che, col buio o con la luce, non faceva che alimentare una sensazione di inquietudine, una percezione di estraneità che a tratti mi faceva sentire come se davvero mi trovassi nel posto e nel momento sbagliato. La torcia che reggevo in mano mi procurava un minimo di sollievo. Con la sua compagnia, sebbene spenta, tornai verso la casa, ma non rientrai. Prima di andarmene mi rimaneva da controllare una cosa. Girai dietro l'edificio e quando trovai l'orto e il pollaio feci luce.

Volevo vedere il recinto, il fango e il maiale, quello del sogno che Ermini mi aveva descritto. Giaceva, ormai morto, la testa ancora incastrata nel secchio.

20.

Gli animali selvatici, le bestie affamate di carne, anche umana, il mondo crudele e sconosciuto che si nasconde nei boschi: queste le immagini che mi giravano in testa. Il pensiero di essere attaccato da chissà chi o cosa tornò a perseguitarmi quando ripresi la via della pensione. Dico: ben piú realisticamente avrei dovuto temere un agguato da parte del tipo che avevo messo al tappeto con un paio di colpi ben assestati. Non era certo un forestiero come me, poteva aspettarmi in qualche punto della strada dove c'era un nascondiglio, aggredirmi e conciarmi per le feste, restituendomi con gli interessi quello che aveva subito. Invece di lui non avevo quasi timore. Pensavo alle bestie feroci, che però quella notte dovevano aver già saziato i loro appetiti e di me non sapevano che farsene.

Camminai con la torcia spenta, cosí da non segnalare la mia presenza, e di tanto in tanto infilavo la mano nella tasca della giacca per sincerarmi che il quadernetto confiscato al tizio fosse sempre lí. Continuavo a nutrire dei dubbi sul fatto che potesse essere l'obiettivo di quell'azione furtiva. Tuttavia, per quanto l'ipotesi restasse labile, non era il caso di scartarla.

Rientrai a Spatz che suonavano le quattro del mattino, tirando un sospiro di sollievo come se fossi scampato a un grave pericolo. Già avere intorno muri e non boschi e buio mi faceva sentire piú tranquillo, e quando fui di nuovo dentro la pensione rivolsi un pensiero di superiorità alle bestie che avevano spiato i miei passi senza osare attaccarmi.

Appena chiusi la porta della camera, la prima idea che mi passò per la mente non fu tirare fuori il quadernetto e dargli un'occhiata. Mi diedi dell'idiota, invece, giacché avevo dimenticato di prendere le sigarette, cosa che mi fece venire un desiderio acuto di fumare. Cazzo, avanti di quel passo mi sarei tolto la dipendenza dal tabacco, un'eventualità che mi metteva a disagio, vista la grande compagnia che le sigarette mi avevano sempre offerto. Uscire di nuovo? Ero stanco, e nel frattempo mi ero pure sdraiato sul letto. Avrei aspettato quel paio d'ore che mancavano alla colazione. Poi mi sarei tolto la voglia. Avrei incenerito l'intero pacchetto, filtri compresi. Intanto, a meno che il sonno non mi prendesse, avrei dato un'occhiata all'agendina, scorrendo velocemente una pagina dopo l'altra per capire ciò che avevo tra le mani.

Un diario. Ecco cos'era. L'ingenuo luogo segreto dove la ragazza (chi se non lei?) aveva raccolto pensieri, speranze, illusioni e chissà che altro, richiudendolo ogni volta dopo averci scritto qualcosa, tenendolo stretto tra le mani, a occhi chiusi, sapendo che quelle parole non si sarebbero mai tramutate in realtà. Ecco, uno s'era fatto rompere il naso per rubare i segreti di una vita; un altro, il sottoscritto, aveva corso il rischio di essere sbranato per avere la possibilità di leggerli. Quale dei due fosse il piú imbecille era difficile stabilirlo con sicurezza. Decisi che era il tizio che avevo malmenato, perlomeno adesso il diario era nelle mie mani e, seppur con un po' di vergogna, devo ammettere che mi intrigava l'idea di ficcare il naso nei recessi piú nascosti della vita di una ragazza. Mi domandavo quali fossero i sogni di una persona destinata a trascorrere l'esistenza in un posto come quello. Certo, avessi avuto con me il dannato pacchetto che se ne stava chiuso nel portaoggetti della macchina, la lettura sarebbe risultata piú confortevole. Ma tant'è, non avevo nessuna intenzione di rialzarmi: qualche muscolo qua e là mi doleva, e il calduccio della camera stava solleticando la carenza di sonno. Inoltre nel giro di poche ore avrei dovuto aggiornare il Maiale sul fatto che il presunto omicida era tuttora latitante e aspettare sue istruzioni. Non mi sarei stupito se mi avesse ordinato di attendere un ispettore d'appoggio per costituire una sorta di squadra, o se addirittura mi avesse sostituito. Quale che fosse il mio destino, per il momento mi stavo godendo una piccola condizione di benessere e non volevo che niente la rovinasse. Occorreva qualcosa che tenesse lontano dalla mia mente le sigarette e il Maiale – quello vivo, non quello che avevo appena visto morto stecchito – e lí per lí non avevo niente di meglio che immergermi nei segreti altrui.

Accesi il piccolo abat-jour che stava sul comodino e aprii il quadernetto. Dapprima lo scorsi fermandomi solo di tanto in tanto a valutare la grafia chiara, a tratti elegante, di stampo senza dubbio femminile. Date precise confermavano che si trattava proprio di un diario. Controllai quando cominciava: la prima annotazione portava la data di cinque anni prima. L'anno in cui la madre dei due era morta lasciandoli soli. Sotto la data c'era una sola frase, semplice, precisa.

«Oggi abbiamo seppellito nostra madre».

Oggi abbiamo seppellito nostra madre. Da tempo sapevo che non c'era piú alcuna speranza per lei, che il momento sarebbe presto arrivato, anche se quando arriva davvero è sempre difficile prenderne atto. Lui non ha assistito ai suoi ultimi istanti di vita. Mentre accadeva è rimasto fuori, nell'orto, parlando tra sé e con i suoi animali, come spesso gli capita di fare. Nostra madre non ha mai visto altro che questa casa, questi prati, queste montagne. Cosí è stato pure per noi, finora, e il futuro potrebbe non essere diverso. È un pensiero che a tratti mi mette ansia, a tratti mi regala una pace profonda. Appena lui l'ha vista ormai priva di vita mi ha chiesto quando si sarebbe risvegliata. Durante il funerale l'ho tenuto con me, sottobraccio; avevo paura che di colpo si allontanasse. Poca gente ci ha accompagnato al cimitero, guardandoci di sottecchi. Sono certa che i loro pensieri ruotavano attorno alla curiosità di sapere ciò che avrei fatto, adesso che lei non c'è piú. Ciò che avrei deciso di fare con lui soprattutto. Questa prima sera, in casa, soli...

Mi interruppi quando ero a circa metà della prima pagina. La tristezza di quelle poche righe mi aveva toccato. Riuscivo a figurarmi l'irredimibile isolamento dentro il quale la ragazza si era trovata, e non ero insensibile al punto da non avvertire il suo dolore, le sue preoccupazioni; però a farmi sospendere la lettura fu l'idea, all'apparenza assurda, che qualcuno si fosse introdotto di notte nella casa dei due e se ne fosse ripartito con il naso da rifare solo per rubare quel diario. Mi chiesi se avesse senso, e intanto un meraviglioso sbadiglio mi colse di sorpresa. Ecco il supereroe che, dopo un lungo viaggio e una notte con tanto di avventura, viene ripreso mentre cede alla fatica come un comune mortale.

Terminai di leggere quello che la ragazza aveva scritto la sera del funerale. Lei e il fratello, aveva annotato, erano rimasti a lungo in cucina senza parlare finché lui aveva domandato se la madre dormisse ancora.

«Gli ho risposto che lei vorrebbe che riposassimo un po' anche noi. E siamo saliti in camera».

Bene, dissi tra me, ottimo consiglio, sebbene proveniente dall'oltretomba. Sorrisi.

Di lí a poco, molto poco, sarebbe stata l'alba e, se volevo essere in grado di combinare qualcosa, dovevo rassegnarmi a chiudere gli occhi almeno un paio d'ore. Chiusi il diario, lo appoggiai sul comodino e in men che non si dica piombai nel sonno.

21.

A destarmi fu la radiosveglia, giuro che fu cosí, proprio come la mattina precedente. La sognai. E nella confusione di quei primi istanti pensai che adesso mi sarebbe toccato rispondere al telefono per sentire le parole asciutte del Maiale, i suoi ordini duri. Ma cazzo, avevo sognato la radiosveglia, non il telefono... Ci volle qualche istante perché la situazione cominciasse a quadrare, e quando tornai a capire dov'ero mi assalí la preoccupazione per l'ora. Quanto avevo dormito? Facile che avessi buttato l'intera mattina nel cesso, pensai ancora prima di dare un'occhiata all'orologio. Invece, incredibile, erano le sette appena passate. Avevo dormito tre orette scarse, per di piú vestito, nemmeno le scarpe mi ero sfilato. Restai sdraiato per un altro paio di minuti, ricordando il concerto che di consueto accompagnava l'avvio delle mie mattine: chiacchiere, scrosciare di sciacquoni, voci provenienti dai televisori, macchine che passavano piú o meno veloci sulla strada, magari una sirena. Chissà quali erano i rumori che accompagnavano il risveglio degli abitanti di Spatz. Per quanto tendessi le orecchie, nessun suono vi giunse, nemmeno quelli di passi e stoviglie che si odono al mattino negli alberghi e nelle pensioni. Men che meno la tipica musica melensa che dovrebbe suggerire agli ospiti di trovarsi in una specie di paradiso.

Guardai le tre cime del Danzas. Neppure di giorno riuscivo a trovarle uno spettacolo piacevole, ma perlomeno non risultavano minacciose quanto al buio. Fu sufficiente figurarmi come sarebbero tornate a essere la sera per risvegliare in me un senso di inquietudine che il mio fisico si divertí a distribuire qua e là, spingendomi a immaginare che un'arteria, il cuore o qualche altro cazzo di organo interno fosse sul punto di rompersi. In momenti simili mi pareva di essere prossimo a perdere il controllo delle mie azioni e soprattutto dei miei pensieri. Avevo l'impressione che la vita mi abbandonasse. Capolinea. Mi era capitato anche la volta in cui ero al mare con la non fumatrice quando, dopo l'ennesimo litigio, trascorsi gli ultimi giorni della vacanza temendo che non sarei piú riuscito a tornare a casa, che sarei rimasto per sempre inchiodato in quel posto, che il resto del mondo fosse ormai troppo lontano da raggiungere per il tempo che mi restava a disposizione. La stessa disarmante sensazione che provai quella mattina quando mi fui svegliato del tutto. Pensai al disordine della mia casa, all'asfalto delle strade, alla puzza dell'aria, e appunto fui sopraffatto dalla paura di non avere piú tempo a disposizione. Ebbi un'improvvisa, fortissima nostalgia della scrivania e dei verbali. Paranoie, lo so. Contro le quali bisognava combattere scuotendosi, richiamando la realtà salvifica, per quanto noiosa. Presto avrei dovuto fare un rapporto al mio capo, dirgli che l'omicida non era ancora stato catturato e sentirmi rispondere chissà cosa. L'eventualità che potesse richiamarmi in sede e sostituirmi con qualcun altro, cominciava a sembrarmi tutt'altro che spiacevole. Forse, pensai, la mossa giusta era lasciare che fosse lui a chiamare, cosa che lo faceva imbestialire e lo spingeva a prendere le decisioni piú drastiche. La prospettiva era allettante, mi immaginai già sulla strada del ritorno. Decisi di aspettare una mezz'oretta prima di scendere per la colazione, cullandomi con quella fantasia. Per distrarmi un po' presi il diario della vittima dal comodino e ricominciai a leggerlo.

22.

Era chiaro che la ragazza aveva avuto il suo bel daffare per resistere a coloro che per un po' le avevano consigliato di chiudere il fratello in qualche istituto. Ne scriveva raccontando che ogniqualvolta scendeva in paese (indicava Spatz cosí, sottolineando come l'ubicazione della loro casa li ponesse al di fuori della comunità vera e propria) tutti si sentivano in dovere di convincerla a prendere la decisione. Non riportava alcun nome, ma solo l'insistenza di piú persone a ribadire i consigli. E forse avrebbe fatto bene a seguirli, visto ciò che era poi accaduto e stando a quello che lei stessa aveva scritto nei giorni immediatamente successivi al funerale della madre. Il fratello, infatti, s'era chiuso in un mutismo impenetrabile; la maggior parte del tempo lo trascorreva da solo, nell'orto o a badare agli animali. Sovente lei l'aveva colto immobile che fissava un punto imprecisato per lunghi minuti. Forse era un segno che nella testa del ragazzo qualcosa stava prendendo una brutta piega. Ma lei aveva interpretato quegli atteggiamenti come un suo modo per elaborare il dolore, e l'aveva lasciato in pace. Nemmeno durante gli unici momenti in cui erano faccia a faccia, a pranzo e a cena, riusciva a strappargli una parola. Le sue domande cadevano nel vuoto, il fratello teneva gli occhi sul piatto, mangiava e andava in camera, oppure tornava fuori. Passato qualche tempo, le cose erano cambiate ancora. In peggio, per quanto potevo giudicare. Perché il giovanotto non si era piú limitato a rimanere zitto, aveva preso l'abitudine ad allontanarsi da casa, solo naturalmente, senza informarla e senza darle spiegazioni nemmeno al ritorno. La ragazza aveva descritto quelle mezze giornate, in alcuni casi interi giorni, con frasi da cui trapelava l'angoscia, la paura, il senso di impotenza.

Devo dire che era una lettura in sintonia con il luogo in cui mi trovavo. Non solo per via del silenzio, ma anche della distanza da un mondo che, altrove, viaggiava a una velocità diversa e pareva del tutto estraneo. Le pagine ingiallite di quel diario, macchiate in vari punti di inchiostro o di chissà quale sostanza, erano il distillato di una vita spesa ad attendere qualcosa che non aveva nome. O l'aveva, ma era meglio non scriverlo.

Stavo per smettere, prima di farmi coinvolgere troppo da tanta disperazione, quando, girata una pagina, restai di stucco. Tornai subito alla pagina precedente per una verifica: tra l'ultima annotazione e la successiva che mi era appena capitata sotto gli occhi c'era uno stacco di un mese circa. Non sapevo cosa fosse successo in quell'arco di tempo, visto che non c'era una sola riga al riguardo, ma qualcosa doveva essere accaduto poiché il diario della ragazza si interrompeva per poi riprendere con ben altro stile e altri contenuti. Basta lunghe frasi ben costruite; sparite le considerazioni sulle ansie relative alla condizione in cui s'era venuta a trovare; finiti gli accenni alle stranezze del fratello. Pensierini, invece. Elementari pensierini che strappavano un sorriso di pietà. Il primo portava la data del 6 luglio di cinque anni prima, sei mesi circa dopo la morte della madre dei due.

«Caprioli… caprioli che brucano l'erba». Sorrisi. Che c'era mai di sorprendente? Cosa ci si poteva aspettare di vedere in un posto del genere? Una banda di motociclisti che usciva all'improvviso dal bosco e invadeva le strade di Spatz? Controllai la grafia, era la stessa. La stessa mano era passata dalla descrizione minuziosa dei propri sentimenti piú intimi a registrare, datandole, quelle frasi elementari. Cominciai a sospettare che anche lei avesse delle turbe, e che gli ultimi avvenimenti le avessero fatte emergere, giacché il diario proseguiva con quell'andazzo.

15 settembre. «Ruscello. Un grande masso ne ha deviato il corso». Fine. E avanti cosí per un pezzo. Larici, neve, camosci, sentieri, frane, ancora massi, ancora ruscelli. Potevano essere considerazioni simili il motivo per il quale ora a Spatz si aggirava un individuo che necessitava di cure al setto nasale? Non riuscivo davvero a crederlo, ma la cosa non risolveva i miei problemi, ovvero la presenza di un omicida ancora in libertà e la relazione per il Maiale. Prima o poi sarei stato costretto ad affrontarlo, il mio capo, sia che fosse lui a chiamarmi, sia che mi avventurassi a telefonargli io. Dovevo dirgli che il mio unico indizio era il diario di una mente, forse due menti squilibrate? E spiegargli anche come ne ero entrato in possesso?

– Dimmelo tu, – chiesi al diario stesso, scorrendo con lo sguardo ciò che era scritto alla data del 15 aprile di due anni prima. Mi interruppi sentendo un rumore di passi fuori della stanza. Pensai a Ermini, attesi che bussasse alla porta, non accadde. Ripresi la lettura. Quasi subito un'altra serie di passi animò il corridoio, e questa volta qualcuno bussò. Tre colpetti discreti. La colazione era pronta, mi avvisò la voce del padrone. Strano modo di agire, riflettei, forse era l'usanza del posto.

– Arrivo, – dissi.

Ma ripresi a leggere, perché alla data del 15 aprile lo stile del testo cambiava di nuovo.

23.

Non che i temi fossero cambiati. Erano le solite cose, caprioli, camosci, nuvole eccetera, notiziole che non rivestivano alcun interesse, almeno per me. Ma ora avevano un passo, uno stile diversi. Eppure la grafia era la stessa, quindi doveva essere sempre la ragazza a scrivere, la stessa che nell'avvio del diario aveva dimostrato di possedere una discreta profondità e in seguito si era limitata a elaborare pensierini elementari. Cos'era scattato in lei, ancora una volta? Forse era accaduto qualcosa nei periodi in cui il diario si era interrotto? Era stata proprio l'annotazione riportata alla data del 15 aprile a risvegliare la mia attenzione, a stimolare in me i dubbi.

«Sono le tre del pomeriggio. Comincio a sentirti. Sei nella malga dell'Uhr. Il sole è alto sopra il Salter. Hai raccolto delle bacche, stai riposando. Ti perdo, però, non sento piú niente».

Era una frase ben strana, che lessi e rilessi scandendo le parole quasi sperassi di capirla meglio. La ripetei tra me e me, anche, sollevando gli occhi dal diario. Fu allora che guardai fuori dalla finestra e mi resi conto che il cielo si stava oscurando. Le nuvole correvano l'una contro l'altra, si sovrapponevano e si univano come se volessero nasconderlo, e intanto il vento le modellava nei modi piú vari: un profilo umano, il muso di un animale, un oggetto, forme che svanivano alla stessa velocità con cui si creavano. I banchi si sfaldavano passando leggeri tra le cime del Danzas, poi tornavano a ricompattarsi con un'energia che aveva in sé della prepotenza, una forza primitiva alla quale nessuno avrebbe potuto opporsi. Avevo sotto gli occhi uno spettacolo suggestivo, difficile non perdersi ad ammirarlo. Fossi stato un turista lo avrei pure fotografato. Ma ero pronto a scommettere che di lí a poco qualcuno sarebbe tornato a bussare alla mia porta, e non per ricordarmi che la colazione mi attendeva di sotto, piuttosto per avvisarmi che il telefono mi reclamava. All'altro capo del filo, la voce secca del Maiale mi avrebbe chiesto aggiornamenti. Come diavolo gli avrei risposto? Forse leggendogli una delle frasi contenute nel diario? Una tipo quella alla data dell'8 ottobre di due anni prima?

«Sei nel bosco del Gattlauss, circondato dai larici. Immerso nel silenzio. Un urogallo se ne sta appollaiato su un ramo». (Pensai, divagando, che avrei dovuto controllare sulla cartina per farmi almeno un'idea di dove fossero certi posti). La frase terminava lí. Ma poco sotto, giusto lo spazio di un paio di righe, c'era un altro di quei messaggi incomprensibili. Non era contrassegnato da alcuna data, difficile dire se riguardasse o no lo stesso giorno del precedente. Tra l'altro era stato scritto di fretta, forse in piedi.

«... l'hai visto... li hai visti... è lui... torna da solo...»

A quel punto il diario si interrompeva e riprendeva il successivo 20 gennaio, quindi dopo un secondo lungo periodo di silenzio. E riattaccava con le solite storie che ormai mi erano ben note.

«La neve ti arriva sino alla cintola. Ha interamente coperto la catasta di legna che hai fatto questo autunno. La catasta non ha ceduto. Sei soddisfatto. Ti sento bene».

Ritornava qui l'accenno al «sentire bene», cosí come in precedenza veniva sottolineato l'esatto contrario.

«Non sento piú niente, ti sento bene». Parole che davano da riflettere, sebbene al momento mi risultasse difficile connetterle tra loro, spiegarmele, nella condizione in cui la ragazza e suo fratello si erano venuti a trovare. Chiusi il diario, mi alzai e andai alla finestra. Il grigiore del cielo si era esteso anche al resto del panorama, Spatz era un boccone di terra che galleggiava in un mare di nebbia. Il Danzas era sparito dietro le nubi. Pareva di avere di fronte la tela di un pittore pronta per essere dipinta. Immaginai di raffigurare la montagna, che al momento non vedevo. Lo avrei fatto usando solo il nero, per contrasto al grigio del cielo. E avrei evocato con pennellate sicure le voci inudite di tutti coloro che su quelle rocce avevano trovato la morte. Scossi la testa. Ma che cazzo succedeva? Le malsane suggestioni di quel posto mi stavano infettando. Tempo una settimana, pensai sorridendo, e mi sarei dimenticato del perfetto esempio di cittadino viziato e vizioso che ero, e magari nel giro di un mese sarei diventato un provetto scalatore, per poi finire come parecchi di coloro il cui ritratto era esposto nella sala da pranzo della pensione e che adesso riposavano al cimitero.

A proposito, al cimitero dovevo andarci davvero, quella mattina, adesso, e sulle mie gambe, variando l'accordo preso con la guardia distrettuale. Meglio muoversi, mi dissi, scrollarmi di dosso la pesantezza di quell'ambiente. Mi lavai un po' come fanno i gatti, misi il diario in tasca, scesi di sotto. Al padrone chiesi del mio vicino di camera, mi rispose che era uscito da una mezz'ora, diretto alla clinica, probabilmente. Mi domandò se avessi trascorso bene la notte. Gli dissi che avevo dormito come un bambino.

– Tè o caffè? – chiese poi.

Non ho mai sopportato il tè, né il suo sapore né il suo odore da salottino buono. Si allontanò mentre mi sedevo a un tavolo, nell'attesa che tornasse ripresi il diario, aprendolo a caso. La data che mi capitò sotto gli occhi era l'11 giugno.

«Hai appena ucciso una vipera. Una piccola vipera che...»

24.

– Ecco.

Marmellate, burro, torta. Speck e formaggio. Pane. Latte. Tre tipi di yogurt, di cui il padrone mi illustrò minuziosamente la composizione. Tutta roba che non avrei toccato, stante la mia abitudine a non mangiare niente al mattino. In compenso avrei bevuto caffè in quantità.

Mi assalí una curiosità: possibile che nella pensione non ci fosse una cameriera o una moglie o una sorella ad aiutare il padrone? Gli piaceva fare tutto da solo o le confinava in cucina? Magari dipendeva dalla bassa stagione. Comunque non era importante, perciò la questione svaní dal mio orizzonte. Sarei tornato ai ragionamenti in cui ero occupato, non fosse che quello, il padrone, benché avesse dispiegato, e spiegato, davanti a me tutte le sue delizie, se ne rimaneva lí impalato. Aspettava che lo ringraziassi, forse, che gli facessi i complimenti per la varietà e l'abbondanza.

– Grazie, – dissi con l'intenzione di invitarlo a lasciarmi solo.

Niente, restava lí, fermo impalato. Bevvi un sorso di caffè, amaro. Senza pensarci avevo appoggiato il diario, chiuso, sul tavolo, e all'improvviso mi sembrò che l'oggetto avesse attirato l'attenzione del padrone, che lo stesse fissando e che per quella ragione non si decidesse ad andarsene. Quando ci misi una mano sopra con un gesto il piú possibile naturale, si riscosse.

– Sentita la novità? – chiese.

Come potevo averla sentita, dato che la camera era priva di radio e di televisione.

– Mi aggiorni lei, – dissi, piú per cortesia che per effettiva curiosità. Mi aspettavo il resoconto di qualche sciagura che aveva causato vittime in uno dei nostri distretti, la tipica notizia golosa per chi passa la maggior parte delle giornate immerso nella monotonia, sempre in cerca di un argomento di conversazione.

– L'hanno trovato, – rispose.

Lo guardai, la tazza del caffè a metà tra il piattino e la bocca. Somigliava sempre piú a un nano da giardino: l'espressione ebete, il sorrisetto impostato, le gote arrossate neanche se le dipingesse tutte le mattine. E ciò, come intuii, nonostante non avesse da aggiornarmi su un disastro da prima pagina, ma su qualcosa che mi riguardava da vicino. Fui io a giocare la carta dell'ingenuo.

– Trovato chi?

La sua risposta fu istantanea e concisa.

– Lui, l'assassino.

Deposi la tazza, presi un lungo respiro. Me l'aspettavo e presi tempo.

– L'assassino?

Lo domandai come se ce ne fossero in giro a decine.

– Sí, – confermò lui, – il fratello.

Dovetti reprimere un moto di rabbia. Che un coglioncello di quello stampo mi servisse per colazione una tale notizia mi sembrava già motivo sufficiente per rovesciare in terra il bendidio che c'era sul tavolo. In piú c'era il tono che aveva usato per comunicarmela, quasi avesse parlato di un cambiamento del tempo o di una frana sulla strada, invece che di un omicidio e dell'omicida, i motivi per i quali ero stato mandato lí. Percepivo in lui la soddisfazione di mettermi al corrente che altri mi avevano preceduto; la sola ragione per la quale mi contenni fu che non volevo dargli corda, dimostrarmi sconfitto.

– Quando? – domandai.

Il padrone allargò le braccia e scosse la testa, come per dire che tutto quello che sapeva me l'aveva riferito. A parte un paio di particolari ma di poca, nessuna importanza.

– Pare presto, questa mattina. E grazie a un cane. Altro non so.

Restai in silenzio, guardando la colorata tavolozza della colazione che non avrei toccato. Non potei fare a meno di pensare al diario che era ancora sul tavolo, a tutti gli animali citati in quelle frasi che all'inizio mi erano sembrate prive di senso. Per quanto ricordavo, di cani non avevo mai letto. Tuttavia non l'avevo ancora scorso fino in fondo, magari... Ma dovetti tornare a dare retta al padrone, perché se ne stava ancora lí, di fianco a me; si fregava le mani producendo un fastidioso rumore che aggiungeva carica alla mia irritazione.

– C'è altro? – chiesi.

C'era eccome. Un colpo basso che mi spiazzò.

– Si ferma per pranzo? – ribatté infatti.

Rimasi un istante senza parole. Allibito dalla sua improntitudine. E già, il mio compito a Spatz era finito, il caso risolto senza che io avessi dovuto muovere un dito. Quali altri motivi avevo per trattenermi ancora? Annaspavo senza darlo a vedere, confuso da una serie di immagini che si stavano sovrapponendo l'una all'altra: le sigarette chiuse nel vano portaoggetti dell'auto, le cime del Danzas, io che stendevo pennellate nere su una tela grigia. Il rapporto che avrei dovuto fare al mio capo, anche. In realtà stavo cercando le parole giuste per spiazzare il padrone, per ricordargli chi aveva davanti.

– Certo, – dissi solo, dando un'involontaria manata sul diario.

Il padrone, quale che fosse la sua speranza, incassò alla grande la mia risposta.

– Bene, – commentò.

Il menu del giorno era carpaccio di camoscio e coniglio alle erbe; sempre specialità della casa, ovvio. Finalmente mi salutò e prese la strada della cucina. Bevvi il caffè, che nel frattempo era diventato tiepido, e misi il diario in tasca, deciso a proseguire la lettura. Non lí nella pensione, fuori, fumando tutte le sigarette che avevo desiderato dalla sera prima e lontano da occhi indiscreti. Uscii con l'intenzione di chiudermi nella mia macchina, appendice del luogo al quale appartenevo e che mi avrebbe fatto sentire a casa.

Le nubi basse coprivano del tutto le tre cime del Danzas. Forse è cosí, pensai, che le montagne preparano trappole per chi crede di poterle dominare quando sono illuminate dal sole.

25.

Mai vista una vipera dal vero in vita mia, solo in tivú, ed era stato sufficiente per farmi venire la pelle d'oca. Mi era successo durante una delle notti in cui faticavo a prendere sonno e non avevo trovato da guardare altro che un documentario, dopodiché avevo anche sognato di averla nel letto. Una volta sveglio avevo battuto palmo a palmo la mia camera per assicurarmi che non ci fosse, aprendo anche cassetti e armadi.

«Hai appena ucciso una vipera», c'era scritto alla data dell'11 giugno. «Una piccola vipera che poteva farti del male. Ma io non sono come lei. Né lui né io lo siamo. Nessuno ti vuole male».

Come avevo programmato, mi ero chiuso in macchina, nel domestico odore di muffa e fumo stantio che mi faceva sentire a mio agio. Purtroppo le sigarette avevano patito l'umidità; il loro sapore era aspro, diverso dal solito. O forse era un'impressione dovuta al fatto che nelle ultime ore non avevo fumato per nulla. Poco male, in breve mi sarei riabituato. Intanto rilessi piú volte quella frase; mi suonava strana. O almeno nuova rispetto alle precedenti, dato il riferimento a un «lui», una terza persona che non era mai comparsa prima di quella data. E la seconda parte non aveva il tono di un pensiero privato, piuttosto di un messaggio rivolto a qualcuno. E chi poteva essere quel qualcuno se non… Mi fermai a riflettere poiché l'idea era quantomeno stravagante. Staccai gli occhi dal quaderno, scrutai dal finestrino, il paesaggio era inerte. Mi tornò in mente l'impiccato che aveva rubato il cavallo, lo immaginai penzolare con un dito levato in aria, come a intimarmi qualcosa. Forse di non perdere tempo distraendomi a pensarlo, visto che ormai per lui non c'era piú niente da fare, mentre io dovevo approfittare della fortuna di essere ancora vivo. Gli strizzai l'occhio mentalmente e ripresi a leggere, rendendomi conto che dalla data dell'11 giugno in avanti, tra una annotazione e l'altra, i tempi si allungavano considerevolmente e i contenuti riacquistavano il sapore del diario intimo, come all'inizio. Però il tema ricorrente della madre, della sua morte, della situazione in cui li aveva lasciati era stato sostituito da quello della presenza di un «lui» che si era inserito nella vita quotidiana dei due. Di lei soprattutto, poiché sul fatto che fosse un uomo non c'erano dubbi, come non c'erano dubbi che il fratello faticasse ad accettarlo nonostante nel diario si ribadisse che non costituiva un pericolo. Proseguii la lettura senza piú trovare stringate descrizioni di animali o di ambienti. Ogni frase era una sorta di dichiarazione, ricca di sentimento, nella quale la grafia ordinata della ragazza non faceva altro che ribadire con caparbietà le buone intenzioni di «lui», il suo animo gentile, come se il destinatario di quelle parole continuasse a non volerne sapere.

Fu l'ultima annotazione a rafforzare un sospetto che fin lí mi aveva appena sfiorato e che avevo subito respinto. Maghi, magie e cose del genere mi avevano sempre fatto ridere; non avevo mai creduto a nulla che non potessi tenere in mano o prendere a sberle. Ma ciò che lessi non era equivocabile, e in piú conteneva una nota di sconforto.

La data corrispondeva a un mese prima dell'omicidio.

«Un giorno intero in montagna con un cielo pessimo. Non mi ha voluto parlare per tutto il tempo che è rimasto lassú».

Il resto del diario era immacolato. Era stato chiuso in quel punto e mai piú riaperto. Come se quelle parole rappresentassero un sigillo posto alla fine di qualcosa, forse di una vita. Dopodiché c'era solo silenzio. Silenzio dappertutto. La convinzione che si faceva strada in me era troppo assurda per accettarla. Di colpo l'abitacolo della macchina mi sembrò privo di aria, dovetti uscire per balbettare la verità che mi sembrava di aver colto. E lí fuori, sulla piazzetta di Spatz, di fronte alla pensione, il silenzio si modificò. Divenne perfino piú ampio, sconfinato, ma in qualche modo anche amichevole, in ogni caso non piú oppressivo. Mi sembrò di percepirlo, allora, non come semplice vuoto, come banale assenza di qualsivoglia rumore. Era piuttosto una componente del mondo che mi stava intorno, una materia, per quanto invisibile, che si offriva per ricevere parole che non avremmo mai pronunciato di fronte a nessuno. E io, in quel momento, gli stavo confessando un pensiero che non riuscivo ad affogare. Forse, con il suo indice teso, l'impiccato voleva suggerirmi proprio quello, di parlare col silenzio. O forse cercava di bucare la bolla della mia incredulità perché aprissi gli occhi e guardassi ciò che non volevo guardare.

Cercai di calmarmi accendendo l'ennesima sigaretta; il sapore era tornato quello di sempre, ma serví a poco. Chiunque, il mio capo per primo, avrebbe riso delle conclusioni cui ero giunto, eppure non c'era altra spiegazione alle frasi contenute nel quaderno: sorella e fratello comunicavano senza mezzi tecnici pur essendo distanti. C'erano pensieri che attraversavano l'aria, il silenzio. Lui li trasmetteva, lei li riceveva e li annotava. Poi, magari, assieme verificavano la loro correttezza. Finché tra i due non si era inserito un terzo uomo. Questo poteva spiegare alcune delle lunghe pause che il diario presentava.

Il Maiale mi avrebbe sbeffeggiato se avesse potuto leggere nella mia mente. Mi sembrava di sentirlo.

Attenersi ai fatti e lasciare ai romanzieri la fantasia.

26.

Se il Maiale avesse chiamato per ricevere aggiornamenti non mi avrebbe trovato. Per il momento non avevo nessuna voglia di rientrare nella pensione; ero troppo agitato per starmene in un luogo chiuso, e soprattutto avevo bisogno di scovare qualcosa o qualcuno che mi aiutasse a confermare ciò che pensavo. Il che non era affatto facile. In ogni caso mi tolsi dalla piazza e dalla vista del padrone; se fosse stato necessario, avrebbe detto lui al mio capo che non ero reperibile.

Prima di tutto dovevo raccogliere informazioni piú precise sul ritrovamento del giovanotto, e immaginai che la cosa migliore fosse rivolgersi alla guardia distrettuale. Il suo ufficio stava a pochi passi dalla pensione, a metà strada tra quella e la chiesetta di Spatz; la sera prima non l'avevo notato, ma adesso non mi sfuggí che la scritta sull'insegna era bilingue. Le poche chiacchiere fatte con quell'uomo mi avevano convinto che si trattasse di un essere vanitoso, ed era probabile che si trascinasse in giro anche una discreta componente di idiozia. Mi ero formato un'idea su di lui. Apparteneva a una categoria di esseri umani di cui conoscevo bene i meccanismi mentali. Individui semplici, prevedibili, spesso incoscienti della cattiveria che sono in grado di esprimere; convinti di essere onnipotenti perché investititi di un incarico ufficiale; invincibili quando pascolano sul proprio territorio. Il tipo di persona che va blandita.

La conferma che mi trovavo di fronte a un rappresentante di quella razza fu che lo sorpresi coi piedi sul tavolo e un giornale scompaginato sulle gambe.

– È quello di ieri, – disse, indicandolo e allungando la testa. I quotidiani nuovi, aggiunse, sarebbero arrivati solo piú tardi.

– Ho sentito la novità, – dissi.

– Già, – replicò lui, abbassando i piedi e sistemandosi sulla sedia. Poi mi guardò. Forse si stava chiedendo cosa ci facessi ancora lí, non solo nella sua stanza, ma a Spatz.

– Sarei tornato io, fra poco, alla pensione, – continuò. C'era già stato un'oretta prima, ma non aveva voluto disturbarmi lasciando al padrone il compito di avvisarmi.

– Ho voluto fare due passi, – dissi.

– Fa bene alla salute, – commentò lui, tacendo e forse aspettando che gli tendessi la mano.

– Le ricordo che sono qui per condurre un'indagine, – dissi.

– Crede che possa dimenticarlo? – replicò.

Ma l'indagine, di fatto…

Non gli diedi il tempo di ribattere che, con il ritrovamento dell'omicida, l'indagine era di fatto chiusa.

– Com'è successo? – chiesi.

Prese fiato, come se dovesse iniziare un lungo discorso.

– Un cane, – rispose, confermando quello che già il padrone della pensione mi aveva anticipato. Poi, però, tacque di nuovo. Io ero rimasto in piedi, tra la porta e la scrivania. Distanza di sicurezza, in un certo senso, perché da lí non potevo, nonostante la voglia, allungare una sberla a quell'idiota o prenderlo per il collo. Feci due passi; adesso era a tiro. Fui sul punto di chiedergli se fosse in grado di completare un discorso filato senza bisogno che io lo stimolassi con ripetute domande. Mi precedette appena in tempo.

– Un cane da sangue, – chiarí. Cioè credette di farlo, poiché a me la sua risposta spiegava ben poco, e probabilmente me lo lesse negli occhi.

– Eh, cittadini! – sbottò con evidente soddisfazione. Quindi divenne didattico. Erano cani addestrati a quello scopo, fiutare il sangue di animali feriti che andrebbero a morire chissà dove se non ci fossero quei cani, appunto, a scovarli. Non potevo immaginare quanta energia conservasse un animale anche ferito in maniera molto grave.

– Non sono solo i gatti a disporre di sette vite, – intercalò con la pretesa di strapparmi un sorriso che non gli concessi.

Quella mattina, all'alba, un cacciatore aveva sparato a un camoscio senza riuscire a ucciderlo.

– Bestie dure a morire, – commentò. Per abbatterle bisognava spaccargli il cuore. Una ferita a una zampa oppure alla pancia non le fermava. Erano capaci di zoppicare o di trascinarsi per centinaia di metri, anche chilometri, e trovare alla fine un posto dove morire in pace. Senza un cane da sangue, seguirne le tracce e dare loro il colpo di grazia diventava un'impresa quasi impossibile.

– Sempre che siano ancora vive, naturalmente, – concluse col tono di chi ha appena impartito una lezioncina.

Non mi era sfuggita una certa gioia crudele in tutto quel suo parlare di sangue, cani, animali feriti e colpi di grazia.

– Ecco, – riprese la guardia. Se volevo essere informato di cosa fosse successo adesso lo ero: dopo un tiro maldestro il cacciatore aveva sguinzagliato il suo cane da sangue, che però l'aveva condotto al cadavere del giovanotto. Niente camoscio.

– Cadavere? – chiesi.

Alla guardia fiorí un sorrisetto. Credevo forse che fosse stato ritrovato ancora in vita?

– Morto stecchito –. Il rumore del giornale, che accartocciò con lentezza e gettò nel cestino a lato, accompagnò le sue parole. Magari con quel gesto voleva farmi intendere che non avevamo piú niente da dirci.

E mentre io riflettevo su come replicare, lui sparò il suo ultimo colpo in canna.

– Il verbale lo preparerò in mattinata e lo spedirò. A meno che non intenda portarlo in città di persona.

Dopo il padrone della pensione, anche lui pensava che non mi restasse altro da fare se non tornare da dove ero venuto. Ma io non ero disposto a dargliela vinta, a farmi trattare cosí.

– Ho deciso di approfittare della vostra ospitalità ancora un po', – risposi velenosamente. – Il verbale lo spedisca pure, la posta è piú sicura.

– Sono d'accordo con lei, – confermò. – Nella vita non si sa mai cosa può capitare.

Il sorriso idiota, lo stesso che gli avevo notato la sera prima, tornò a solcargli il volto.

– Peccato che il tempo non le conceda il modo di godersi una passeggiata nei dintorni, – disse. – Ma adesso che conosce la strada magari ritornerà, stavolta per una bella vacanza.

Si alzò, pronto a un congedo formale: stretta di mano, piacere di averla conosciuta eccetera. Si illudeva. Il colloquio non era ancora terminato. Mi guardò.

– C'è altro? – chiese.

C'era.

27.

Sulle prime non comprese il senso di ciò che gli chiesi. Cioè se avesse un'idea di quello che i due avevano ricevuto per posta la mattina del ritrovamento. Aggrottò la fronte in un'espressione quasi ilare. Lo stavo prendendo in giro?

– Scusi? – chiese.

Ripetei la domanda spiegando il perché l'avevo fatta.

– Se è stato il postino a scoprire l'omicidio, mi è venuto il dubbio che avesse della posta da consegnare –. Gli risparmiai l'ironia di un: «A lei no?» Né specificai che avevo controllato la cassetta trovandola vuota. Che la donna, essendo morta, non poteva averla ritirata. E che, probabilmente, quello della posta da ritirare sarebbe stato l'ultimo pensiero di un assassino che si dà alla fuga.

La guardia si strinse nelle spalle.

– Come… – rispose, – cosa vuole che ne sappia.

– Giusto, – concordai. – È una domanda che farò al postino.

– Dovrà aspettare, allora. È malato.

– Tanto da non riuscire a parlare?

La guardia dondolò la testa.

– No, – rispose, – ma al momento non si trova a Spatz.

Quindi assunse un'espressione compassata.

– Giú in valle ha una sorella. Lo sa anche lei, quando si è malati avere qualcuno vicino fa comodo. Ha preferito cosí.

Evitai di indagare sull'entità della malattia, e sulla causa, soprattutto. Cambiai argomento.

– E per la posta come fate?

– Per qualche giorno posso pensarci io. Non ho molto lavoro. Avrà notato che Spatz è un posto abbastanza tranquillo.

– L'ho notato, – dissi.

La guardia si strinse nelle spalle. Pensai che si fosse dimenticato l'accordo della sera prima e stavo per ricordarglielo. Invece mi precedette.

– Sono a sua disposizione. Se vuole ancora vedere la casa dei due, possiamo andarci anche subito.

– Magari piú tardi, – risposi.

– Piú tardi? – fece lui.

Ma piú tardi non avrei dovuto salire in macchina e riprendere la strada per tornare in città?

– Be', visti gli inattesi sviluppi preferirei dare un'occhiata al corpo del giovanotto.

– Ah! – esclamò la guardia.

– Le sembra una richiesta tanto strana? – chiesi.

Non ribatté.

– Vorrà dire che l'accompagnerò al cimitero, – disse invece.

28.

Il cimitero sorgeva poche centinaia di metri fuori Spatz, nella direzione opposta a quella che avevo imboccato per andare alla casa dei due. Sembrava un isolotto incastonato sul falsopiano che portava alla base del Danzas, non ancora frazionato nelle tre cime. Era circondato da un muro a secco, l'entrata protetta da un cancelletto al quale la guardia si avvicinò facendo tintinnare un mazzo di chiavi.

– Si occupa anche del cimitero? – gli chiesi, accorgendomi che ne stava infilando una nella serratura.

Non mi rispose. Il cancello era già aperto.

– Qualcuno ci ha preceduto, – osservai, aggiungendo anche quella circostanza alla lista delle stranezze.

La guardia però non sembrò inquietarsi.

– Non può che essere il dottore, – disse.

L'aveva avvisato lui stesso quella mattina, come d'obbligo in un caso del genere.

– Se preferisce... – propose la guardia per suggerirmi che potevamo rimandare la visita.

– Assolutamente no, – risposi.

Due parole col dottore, se davvero era presente, le avrei scambiate volentieri.

– Andiamo, – dissi, dopodiché entrammo, la guardia mi faceva strada.

Quasi subito mi prese una sensazione di sconcerto. Senza un motivo definito, sulle prime, solo la percezione di qualcosa che non quadrava, tant'è che mi fermai cercando di capire cosa ci fosse di strano in quel piccolo rettangolo di terra.

Anche la guardia si fermò. E si girò.

– Stupito? – chiese.

Capitava a chiunque entrasse in quel posto per la prima volta. Intendeva chiunque non fosse di Spatz, magari qualche turista curioso di cimiteri o che vi capitava per caso durante una passeggiata.

– Ma è sempre stato cosí, dai tempi dei tempi, – aggiunse.

Le lapidi, tutte, nessuna esclusa, davano la faccia posteriore all'ingresso. Il fronte – con nomi, date di nascita e morte, qualche ovale con la fotografia e piú di uno ormai vuoto – guardava in avanti, verso le montagne.

– Nessuno ha mai voluto altrimenti, – disse la guardia.

– E se qualcuno la pensasse diversamente? – mi venne da chiedere.

Se dopo una vita passata subendo l'oppressione di quelle montagne qualcuno desiderasse avere sotto gli occhi qualcosa di diverso?

– Che mi risulti non è mai successo, – rispose la guardia.

E poi a un morto non è piú concesso di esprimere una propria volontà. Fu la guardia a farmelo notare.

– Non crede? – aggiunse guardandomi con una fastidiosa fissità. Evitai di rispondere. Avvertii la necessità di fumare e la ricacciai indietro tenendo conto di dove ci trovavamo.

– Proseguiamo, – dissi.

– Non c'è fretta, – disse lui, cercando di risultare spiritoso.

– Lei crede? – ribattei serio.

– Be', mi scusi, parlavo per me, – disse lui. – Dimenticavo che lei… insomma, visto che…

Visto che dovevo fare la valigia e mettermi in viaggio?

Mi mossi io per primo obbligandolo a riprendere a sua volta il viottolo che portava alla cappella del cimitero, dove i corpi dei due fratelli erano stati portati.

Un'occhiata all'interno permise alla guardia di confermare che il dottore era lí. La diede, l'occhiata, posizionandosi sulla soglia, ostruendola pressoché completamente, impedendomi di vedere. Salutò, disse che aveva compagnia, chiese se recavamo disturbo. Udii una voce proveniente dall'interno rispondere che aveva appena terminato l'ispezione del cadavere e compilato la scheda di morte. Una mezza fortuna, perché avrebbe consegnato il tutto alla guardia evitandogli di perdere tempo. Poi la voce prese corpo, il dottore comparve sulla soglia gettando un'occhiata oltre la spalla della guardia e scrutandomi senza parlare.

– Lui è... – mormorò la guardia.

– Lo immagino, – interloquí il dottore.

Aveva un viso scarno, una barba rada, occhiali dalla montatura sottile. Indossava un impermeabile beige che faceva molto cittadino e che stupidamente mi rincuorò. I capelli erano folti, neri. Difficile attribuirgli un'età.

– Volete entrare? – chiese.

La guardia si scostò.

– Lui, – disse.

Il dottore si girò, rientrando. Lo seguii sentendomi avvolgere da un'aria densa; l'odore era quello di un sotterraneo.

– Questioni di praticità.

Furono le prime parole che il dottore mi rivolse per spiegarmi che quella era, in effetti, una cappella tuttora consacrata. Ma che, in caso di necessità, veniva utilizzata anche come camera mortuaria, onde evitare di portare i corpi giú in valle per poi riportarli su.

– Per fortuna capita di rado, – disse indicandomi il tavolo sul quale i corpi dei due erano adagiati. La ragazza era già chiusa in una bara. Una folata d'aria portò all'interno odore di fumo; la guardia non si faceva scrupoli a fumare dentro un cimitero. Il dottore mi stava dicendo che la cassa non era ancora stata saldata.

– Hanno messo solo quattro viti.

Se volevo vederla bastava che lo dicessi.

– Tenga conto che non è un bello spettacolo, – aggiunse.

– Per ora no, – risposi. Ero piú interessato a esaminare il corpo del fratello. Rimossi il lenzuolo che lo copriva per vederne il viso. Si notavano alcune escoriazioni; aveva i tratti vagamente mongoloidi, l'espressione seria, gli occhi aperti. Mi domandai quale fosse stata l'ultima immagine che aveva registrato il suo cervello, cosa avrei potuto leggere se...

La voce del dottore interruppe il mio pensiero.

– Politrauma, – disse.

Di sicuro la caduta gli era stata fatale. Lesione completa della colonna cervicale, oltre a una frattura scomposta dell'arto superiore sinistro.

– All'avambraccio per la precisione.

– Secondo lei da quanto tempo è morto? – chiesi.

Il dottore si grattò la barbetta.

– Non è la mia specialità la medicina legale... – disse. – È difficile dirlo con sicurezza, cosí, occhio e croce... – Prima di concludere la frase si fermò un attimo. – Ventiquattro ore, – disse poi, ma lasciò nel tono della voce una vena di incertezza che mi invogliava a chiedergli di essere un poco piú preciso, o deciso. E l'avrei fatto se la guardia, a quel punto, non fosse entrata portando con sé un forte aroma di nicotina.

– Tutto bene? – chiese.

Il dottore gli rispose con un cenno. Io non gli diedi retta, mi chinai appena, fingendo di esaminare piú da vicino il corpo, ma in realtà inseguendo un pensiero che, fuori da quel luogo, forse sarebbe svanito. Gli occhi aperti del fratello mi tenevano incatenato a un'idea che preferivo ancora tenere per me, pur sapendo che non avrei potuto farlo per troppo tempo ancora. Stare lí, di fronte al cadavere del ragazzo era l'unico modo per non perdere la concentrazione. Cosí, quando la guardia suggerí che, se era tutto a posto, potevamo tornare a Spatz, dissi che, in effetti, mi sarebbe piaciuto dare un'occhiata anche alla sorella.

Fu il dottore a rispondermi.

– Come le ho spiegato poco fa, dovremmo aprire la bara.

– Mi ha anche spiegato che non è ancora sigillata, – osservai.

– Infatti, – sospirò il dottore, lanciando un'occhiata alla guardia.

Mica toccava a lui maneggiare cacciaviti o quant'altro per esaudire la mia richiesta. Sul viso della guardia il malumore era evidente.

– Se è proprio necessario... – sospirò.

Non lo era. Volevo solo guadagnare dell'altro tempo, come se qualcosa mi stesse aspettando proprio lí, dentro la cappelletta.

La guardia, sbuffando, cominciò ad armeggiare togliendo le viti che chiudevano la cassa. Quattro. Le prime tre non gli diedero problemi. L'ultima, nonostante gli sforzi, sembrava non voler uscire.

– Forse si è rovinato il filo, – disse, – o magari l'umidità, il legno si è gonfiato...

Scrollò la testa, l'unica era fare leva sotto il coperchio e farla saltare con le cattive. Ci si mise d'impegno, e alla fine ci riuscí.

– Ecco! – disse sorridendo.

Forse avrebbe sorriso meno, se si fosse accorto di ciò che a me non sfuggí.

29.

Il colpo che la guardia aveva dato alla cassa aveva spostato leggermente il corpo disteso lí accanto. Il braccio destro del ragazzo cadde oltre il bordo del tavolo, penzolando molle. Lo rimise a posto il dottore guardandomi di sfuggita e intuendo, forse, quello che stavo pensando, cioè come mai il *rigor* non si fosse ancora manifestato completamente, visto che, a quanto mi aveva detto, la morte risaliva a ventiquattro ore prima, e considerando le temperature alle quali era stato esposto. Preferii tacere, non volevo parlare davanti alla guardia. Diedi un'occhiata al corpo della ragazza, al suo viso gonfio, tumefatto, una vista che tollerai solo per qualche secondo.

– Soddisfatto? – chiese la guardia.

Era proprio un imbecille.

– Basta cosí, – risposi.

Il cofano ritornò a coprire il corpo della ragazza. Con una lentezza esasperante la guardia cercò di richiudere la cassa. Il dottore seguí l'operazione in silenzio, le mani dietro la schiena. Magari rincorreva il mio stesso pensiero.

– Posso andare adesso?

Fu lui a rompere il silenzio quando la guardia strinse l'ultima vite. Era uno dei due giorni in cui si fermava a Spatz aprendo il piccolo ambulatorio.

– Non credo ci sia altro, – sbottò la guardia.

A me, però, mancava di verificare una cosa.

– In realtà sí, – dissi.

– Veramente... – borbottò il dottore.

– No, lei è libero di tornare alle sue cose, – lo stoppai. Nel caso ci saremmo visti piú tardi, aggiunsi, sperando capisse che gli stavo dicendo di aspettarsi una mia visita, e per una ragione ben precisa.

– Sarò in ambulatorio, – rispose.

Io, adesso, avevo bisogno di sapere dov'era stato trovato il cadavere. La guardia sembrò non avere inteso bene le mie parole.

– È un segreto? – chiesi.

– No, è un postaccio, – rispose lui. Spiegò che era lungo un sentiero ormai poco battuto, pericoloso di giorno e a maggior ragione di notte. Parlava rivolgendosi un po' a me e un po' al dottore.

– Ne so quanto prima, – dissi.

Era possibile avere informazioni piú precise? La guardia si schiarí la voce. Assunse un tono ufficiale, decisamente ridicolo.

Il cadavere era stato rinvenuto a valle del sentiero detto delle Corde, quasi un passaggio piú che un sentiero vero e proprio, un tempo via preferenziale per il contrabbando.

– Com'è facile immaginare, è abbandonato da tempo, – ribadí.

Permetteva di girare attorno al Danzas e sbucava in quella specie di terra di nessuno dove sorgeva la clinica, dopodiché si giungeva dall'altra parte, oltre il confine.

– Pericoloso, andarci.

Tant'è che l'amministrazione di Spatz lo proibiva severamente ai turisti.

– Avrà messo un piede in fallo e poi... – concluse la guardia, cercando l'approvazione del dottore che tuttavia restò zitto e immobile.

– Voglio vedere il posto, – dissi.

Come se a parlare fosse stato uno dei due corpi privi di vita che erano lí nella cappella. Tale fu la sorpresa che si disegnò sul volto della guardia.

– Come? – sbottò.

– Il posto del ritrovamento, – ribadii.

Non mi aveva appena spiegato quanto fosse pericoloso andarci?

– Chiedo troppo? – insistetti.

La guardia mi fissò. E rispose a sua volta con una domanda.

– Sicuro di aver capito bene dov'è?

Già, non aveva tutti i torti.

– Temo che qualcuno mi dovrà accompagnare, – replicai con una certa dose di compiaciuto cinismo, di sicuro stavo scombinando i piani della guardia per quella giornata.

– D'accordo, – si limitò a dire.

Ma non con le scarpe che avevo ai piedi, osservò subito dopo. Aveva ragione. E cosí dicendo mi sollevò dalla necessità di inventare una scusa per tornare alla pensione. Perché prima di affrontare il sentiero delle Corde dovevo assolutamente verificare un passaggio del diario.

– Alla pensione ne troverò un paio adatte e della mia misura. Me le farò prestare, – lo rassicurai.

Lí ormai non c'era piú niente da fare.

Lungo il vialetto che portava al cancello, mentre il dottore ci precedeva, la guardia mi disse che mi avrebbe atteso nel suo ufficio. Gli promisi che sarei stato il piú rapido possibile. Se il mio capo non aveva chiamato, non mi sarei certo preso io la briga di farlo. Ci avrei pensato piú tardi, dopo la passeggiata, per raccontargli... be', per raccontargli cose che un paio di giorni prima avrebbero fatto sorridere anche me.

Uscii dal cimitero guardando le facce dei morti rivolte alle montagne.

30.

L'avevo ben presente quell'appunto. Ero anche sicuro che fosse antecedente alla comparsa del misterioso terzo uomo. Dovevo solo sfogliare con calma il diario e ritrovarlo. Cosa che feci dopo essere rientrato alla pensione e aver chiesto al padrone se potesse prestarmi un paio di scarpe adatte per un'escursione nei dintorni. Lui tentennò prima di rispondere.

– Che numero? – chiese infine.

Glielo dissi. Si guardò i piedi.

– Se non ha niente in contrario… – fece poi.

No, non mi disturbava indossare un paio di scarponi altrui.

Salii in camera e presi il diario. Non ci volle molto.

Diceva cosí.

«Hai imparato a conoscere le ore guardando il sole sulle cime del Danzas. Sta passando sulla cima di mezzo. Sono le quattro del pomeriggio».

Mi diedi una manata sulla coscia. Avevo elementi in mano, per quanto incredibili. Il sole, la luna, le cime della montagna che stavano anche sotto gli occhi dei morti. I sogni del mio vicino di camera.

Di sotto il padrone mi aspettava con gli scarponi. Li indossai. Mossi un paio di passi per capire se andavano bene.

– Possono andare? – mi chiese.

– Andiamo, – dissi, parlando agli scarponi.

31.

Me l'aspettavo, ma non pensavo che arrivasse cosí in fretta. Intendo il fiatone. Invece cominciai ad arrancare dopo una decina di minuti, quando eravamo già fuori dell'abitato e la strada correva ancora perlopiú in piano. Certo mi stava mettendo a dura prova il buon passo che la guardia aveva preso, continuando a parlare e facendomi domande alle quali rispondevo nel modo piú breve possibile. Mi stava mettendo alla prova, credo. Non escludo che volesse indurmi a rinunciare, ma non avrei mollato a costo di lasciarci la pelle... tanto per dire, naturalmente. Quando Spatz era ormai lontana, un puntino, e il Danzas incombeva su di noi con le tre cime che si perdevano dentro le nuvole, raggiungemmo finalmente il sentiero e la guardia si fermò.

– Sempre deciso a proseguire? – mi chiese. Lo ero, anche se prima di rispondere diedi un'occhiata a quello che fino ad allora avevo sperato di vedere, ovvero quello che di norma si definisce un sentiero.

– Lo so cosa sta pensando, – disse la guardia.

Di sentiero, quello che ci aspettava, aveva solo il nome. Se lo era stato in passato, adesso era difficile intuirlo. Era franato in piú punti, occupato da massi e da una stenta vegetazione, con il ciglio a valle smangiato. Non ci si poteva camminare che in fila indiana. E, anche se non ero lí per godermi il panorama, era tutt'altro che suggestivo: da un lato la roccia, dall'altro la valle che scendeva ripida fin dove cominciava il territorio della clinica.

– Ci passavano le capre una volta, e adesso, appunto, solo i camosci, – chiarí la guardia. – Quindi?

Quindi niente. Gli feci cenno di avviarsi e lo seguii.

La difficoltà del percorso fu tutto sommato un bene. Anche la guardia aveva dovuto scalare un paio di marce, risparmiare fiato e prestare piú attenzione a dove metteva i piedi. Non arrancavo come prima, e nonostante in un paio di occasioni il mio accompagnatore mi avesse chiesto se volessi tirare un po' il fiato, avevo risposto di no. Si fermò una terza volta per dirmi che non mancava molto al punto da cui avrei potuto vedere il luogo del ritrovamento. Mi indicò col braccio un tratto poco piú avanti dove il sentiero svoltava dietro la costa del Danzas. Ci saremmo dovuti inerpicare ancora per una cinquantina di metri su quella labile traccia, poi saremmo arrivati. Piú o meno milleottocento metri di quota. Mi avvisò che conveniva non guardarsi troppo in giro e tenere invece gli occhi al terreno. Pensai che volesse spaventarmi, ma quando girammo dietro il Danzas non potei che dargli ragione. Stretto tra la roccia alla mia destra, che in quel tratto saliva diritta e liscia fino alle nuvole, e la valle sottostante, una pietraia che si perdeva nel bosco, ebbi un'istantanea paura di non riuscire a muovere un altro passo, né in avanti né indietro. La guardia taceva. Intuí la mia incertezza. Si fermò, si voltò, mi lanciò uno sguardo che poi girò all'intorno.

– Vuole una mano? – mi chiese.

Gli sarebbe bastata una spinta per farmi volare di sotto, e buonanotte.

– Grazie, – rifiutai, ricominciando a mettere un piede avanti all'altro, una mano appoggiata alla roccia che non offriva alcun appiglio.

Ci vollero ancora una decina di minuti. Dico dieci minuti, ma sarebbe anche potuta essere un'ora, data la fatica che feci e che sembrò allungare incredibilmente il tempo. Ad aumentare la difficoltà ci si misero l'aria fredda e il silenzio, che si interruppe in una sola occasione, quando quell'idiota della guardia scalciò un sasso facendolo rotolare di sotto con un rumore che andò ritmicamente svanendo; forse voleva segnalarmi cosí il punto in cui il corpo era stato avvistato. Si era fermato, le braccia conserte, la schiena appoggiata alla roccia, lo sguardo rivolto a valle. Aspettò che lo raggiungessi.

– Eccoci, – disse.

Io aspettai che il respiro si calmasse, e insieme con il respiro anche l'ansia che mi provocava l'ambiente circostante. La guardia mi spiegò che il sentiero proseguiva ancora per giungere a una specie di terrazza rocciosa dalla quale si poteva vedere la terra di nessuno dove sorgeva la clinica. Poi scendeva, in alcuni punti quasi verticale.

– Come le ho detto, da qui non ci passa quasi piú nessuno –. Fortunatamente quella mattina non era andata cosí. Il camoscio ferito aveva permesso di trovare il corpo del giovanotto.

– L'ha recuperato lei? – chiesi.

– Con l'aiuto del cacciatore e di una corda, poco dopo l'alba; era su quella specie di cengia lí sotto, – rispose la guardia.

Restammo un altro po' in silenzio. Ero intirizzito.

– Se vogliamo tornare... – disse la guardia.

– Certo, – risposi. Ma prima dovevo domandare una cosa. Mi sarebbe piaciuto sapere che tempo facesse il giorno dell'omicidio. La guardia sorrise e scosse la testa fissandosi i piedi. Poi, sempre sorridendo, tornò a guardarmi.

– Posso farle io una domanda? – disse. Perché secondo lui avevo uno strano modo di procedere, di indagare, non ne coglieva il senso.

– Non capisco dove voglia arrivare, al punto in cui siamo, – concluse.

In fin dei conti, non era tutto chiaro?

– Già, – annuii.

Lui, allora, fece la mossa di riprendere la strada. Io rimasi fermo.

– Però non mi ha risposto, – dissi.

Si fermò anche lui.

– Sul tempo?

– Sul tempo, – ribadii.

Sbuffò.

– Dovrei pensarci un momento, – disse, stringendosi nelle spalle.

Era stata una bella giornata di sole, un po' di vento, cielo limpido, anche di notte.

– Luna e stelle, insomma, – commentai.

– Se ne vedono poche in città, eh? – ammiccò lui.

Lo scrutai.

– Luna e stelle, – confermò.

Adesso potevamo ritornare?

Feci un cenno di assenso che la guardia interpretò come rivolto a lui. Glielo lasciai credere. Da dove eravamo, sopra il luogo in cui il fratello della vittima era stato ritrovato, non si vedevano le cime del Danzas.

Certo, dissi, adesso potevamo rientrare. Anche perché stava cominciando a piovere.

32.

Davanti alla pensione la guardia mi salutò augurandosi di rivedermi.

– Per una vacanza, s'intende, – sorrise.

Entrai nella pensione già indovinando quello che il padrone non perse tempo a comunicarmi: il mio capo. Mi aveva cercato. E lui non aveva potuto dirgli altro se non che ero andato a fare un giro nei dintorni. D'altra parte non gli avevo lasciato alcuna indicazione sulla mia meta…

– Ho sbagliato?

Sorvolai.

– Ha detto altro? – chiesi.

Aveva voluto sapere come andavano le cose da quelle parti. Poteva tacere, lui, sulla novità del giorno?

– Mi è sembrato molto soddisfatto, – considerò. – Comunque richiamerà.

– Tutto qui?

– Be', sí, – concluse il padrone. A parte che aveva aggiunto di salutarmi e dirmi di godermela per le ore che mi restavano da trascorrere a Spatz. Immaginai l'espressione del viso da cui erano uscite quelle ultime parole.

– Ma, a proposito di ore, – riprese il padrone guardando l'orologio. Erano le undici. Un po' presto per pranzare, ma quasi tardi per preparare.

– Devo correre in cucina, se non le spiace.

– Prego, – risposi valutando un'idea.

– Se desidera le posso portare qualcosa da bere, nel frattempo, – si offrí lui.

Riflettei, ma non sulla sua proposta.

– Credo che tratterrò le sue scarpe ancora per un po', – dissi.

– Esce di nuovo? – chiese il padrone.

Con la pioggia che aveva cominciato a farsi fitta?

33.

Occhiali sulla punta del naso, la testa inclinata di lato, un'espressione quasi assonnata in viso. Il dottore non disse nulla quando mi vide comparire sulla soglia del suo studio. Mi sfregai le mani, avevo freddo. Pure lí dentro non mi pareva ci fosse una gran temperatura, nonostante due stufette elettriche, una nella sala d'attesa, l'altra nell'angolo dello studio vero e proprio. Piccoli entrambi i locali, niente a che vedere con gli studi cittadini. Il dottore si tolse gli occhiali con un gesto lento, quindi disse che si aspettava la mia visita. Colsi al volo l'occasione.

– Telepatia?

Non ebbe reazioni particolari. Sapeva che parlare anche con lui rientrava nei compiti di chi conduceva un'indagine.

Ben detto.

– Ma a quanto pare l'indagine era già chiusa quando sono arrivato: caso risolto, – replicai.

Si sistemò sulla sedia.

– E allora perché è qui?

– Qui a Spatz o qui da lei?

– La sostanza non cambia, – rispose.

– Formalità, – dissi.

– Facciamola breve.

– Come vuole. Chi erano quei due?

Mosse appena le spalle.

– Tipi strani, ognuno alla sua maniera.

– Me l'hanno già detto.

– Non è soddisfatto?

– Sono mai stati malati?

– Cose di poco conto.

– Li conosceva bene?

– Come gli altri.

– Un medico conosce i segreti di tutti.

– Ma non va in giro a raccontarli.

– Nemmeno quando possono essere utili a risolvere un omicidio?

Il dottore si fermò a riflettere.

– Dove vuole andare a parare? – chiese poi.

Non avrei cavato niente nemmeno se fossi andato avanti fino a sera. Avevo di fronte l'ennesimo muro di gomma, un altro attore di questa vicenda seduto sull'evidenza dei fatti, che a detta di tutti era inequivocabile. Avrei potuto parlargli del *rigor*, di quel braccio. Ma ormai il tempo era passato e l'anomalia era rientrata, non aveva piú senso. E se avessi accennato al diario, a ciò che induceva a pensare quanto vi era scritto, avrebbe replicato che di sicuro si trattava di un gioco, di una finzione. Erano due tipi strani, no? Solitari, isolati.

– Non mi risponde? – insistette.

No, non risposi.

– Non c'è un bel niente da scoprire, – aggiunse. – Non capisco perché l'abbiano mandata qui.

La risposta mi salí spontanea alle labbra.

– Formalità.

34.

Quando uscii dallo studio del medico i piedi cominciarono a farmi male. Disabitudine agli scarponi.

Pioveva con violenza, una condizione che acuiva ancora di piú il senso di isolamento, di lontananza dal resto del mondo. E sotto quella parete di acqua fredda la cosa che piú mi intristí fu vedere la mia macchina, il muso puntato verso di me come se volesse parlarmi. Immaginai il cofano che si apriva e mi diceva cosa diavolo ci facevamo ancora lí, io e lei, cosa aspettavo a metterla in moto per tornare nel nostro ambiente naturale. Mi passai una mano sul viso bagnato, sentendo che in quei pensieri c'era un fondo di verità. Lasciai ricadere il braccio come se fosse privo di forza, niente *rigor mortis* neanche per me.

Nella pensione avvertii un profumo: il coniglio alle erbe che il padrone, guance rosse e occhio un po' lucido, non vedeva l'ora di farmi assaggiare. Dopo, magari, mi avrebbe offerto un liquorino per tirarmi su il morale.

Dieci minuti, disse venendomi incontro, un quarto d'ora al massimo e il pranzo sarebbe stato pronto.

– Spero proprio che abbia un bell'appetito, – aggiunse. Non poteva essere altrimenti, d'altronde, dopo la passeggiata che avevo fatto. In effetti cominciavo a sentire lo stomaco che gorgogliava, ma non mi dispiacque aspettare ancora un po' poiché avevo visto Ermini seduto su una poltrona del salottino. Solo, naturalmente, con un bicchiere di vino in mano. Lo fissava, sembrava non avere alcuna intenzione di portarlo alle labbra. Mi avvicinai e lo salutai considerando che lui, insieme a me e alla mia macchina, era l'unica presenza estranea a quel luogo. Non glielo dissi.

– Gradisce un po' di compagnia anche oggi? – chiesi.

– Non mi dispiacerebbe, – rispose.

Mi sedetti.

– Per il pranzo dobbiamo attendere ancora qualche minuto, – lo informai.

– Posso aspettare, – replicò lui.

Poi cadde il silenzio. Imbarazzati, guardammo entrambi verso la finestra oltre la quale la pioggia continuava a scendere con insistenza. Probabilmente sulle cime del Salter e del Danzas era neve.

– Pare che non durerà tutto il giorno, – disse Ermini, gli occhi sempre rivolti all'esterno.

– Davvero? – chiesi guardandolo.

– Il tempo cambia rapidamente quassú, – commentò.

Sarebbe bastato un po' di vento, spiegò. Dopodiché tornammo a tacere. Dio mio, sembravamo due pensionati. Aspettavamo il pranzo, parlavamo del tempo. Mancava che ci mettessimo a discutere dei rispettivi acciacchi. Poi Ermini si riscosse, sollevò il bicchiere portandoselo alle labbra, bevve, non piú di qualche goccia, e si girò verso di me. Pareva volesse stimolarmi a parlare. Cosa diavolo potevo dire. Non mi uscí altro che:

– Novità?

Intendevo sulla situazione del fratello, l'intervento.

Lui appoggiò il bicchiere sul tavolino.

– Ho sentito che avete trovato l'assassino, – disse.

E tornò a guardare fuori dalla finestra.

Non so quanto potessi fidarmi del mio intuito. Eppure nella condizione in cui mi trovavo, durante le lunghe ore di quei due giorni (quasi due giorni) a Spatz, era l'unica cosa cui mi ero aggrappato. Feci lo stesso anche dopo che Ermini ebbe parlato, poiché mi parve che ciò che aveva detto fosse una domanda non esplicita. Come se non volesse la responsabilità di affrontare quel discorso, come se volesse lasciare a me la scelta. Insomma, se avessi risposto semplicemente sí, avremmo ripreso a parlare del tempo o cazzate simili, oppure saremmo ricaduti nel silenzio. Se invece...

Tornai anch'io a guardare la finestra. Per un istante pensai ancora alla mia macchina, riflettendo che avrei dovuto avviare il motore, di tanto in tanto. Mi promisi di farlo non appena avesse cessato di piovere. Poi decisi di rispondere, e di saggiare la reazione di Ermini.

– Non sono convinto che sia lui, – dissi quasi sottovoce, e aspettai.

Ermini non commentò. Riprese il bicchiere di vino, diede un piccolo sorso, lo depose di nuovo sul tavolino. Poi si alzò. Se ne andava. Mi stupii, ma d'altronde di stranezze, in quel posto, ne avevo messa insieme una collezione. Ero deluso, però. Senza Ermini non mi restava che rimuginare tra me e me, oltre che pranzare da solo. E tornare a casa, infine, perché era vero che ormai non avevo piú niente da fare. Ma Ermini, anziché andarsene, chiuse la porta del salottino e tornò a sedersi.

– Parleremo meglio, – disse poi.

Io lo guardai, stupendomi. Chiedendomi di cosa avremmo parlato. E a chi toccasse avviare il dialogo. A me, probabilmente. Ma avrei dovuto argomentare l'affermazione di poco prima. Parlarne con Ermini, che però, in quel momento, mi apparve per quello che era. Un estraneo al pari degli altri. E io? Non lo ero forse anch'io, come lui, forse piú di lui. Addirittura l'unico vero estraneo in quel pezzo di mondo. Fu il mio silenzio, forse, a spingerlo a iniziare.

– Quando uno crede di vedere un limite forse si rende conto che quel limite non c'è, – disse.

Decisamente oscuro, pensai. Ma tacqui ancora.

– È il momento in cui il quotidiano salta per aria, le regole svaniscono. Il giorno prima tutto ci sembra normale, il giorno dopo piú niente è uguale, o sicuro.

Forse si riferiva a suo fratello, all'estremo tentativo di salvarlo superando i limiti della scienza corrente.

Glielo chiesi.

– Anche, – rispose.

Su quel limite ritenuto invalicabile suo fratello aveva trovato una porta al di là della quale c'erano altre possibilità. Mondi che non immaginavamo potessero esistere, cose che non sapevamo. Faticavo a seguirlo. Non perché mi giungessero strane le sue parole: non capivo dove volesse arrivare, cosa c'entrasse il suo discorso con ciò che gli avevo detto a proposito dell'omicida. Ci pensò lui a riprendere il filo.

– Diceva di non essere convinto, se non sbaglio, – disse.

Confermai con un cenno del capo.

– Avrà le sue buone ragioni.

Lo presi per un invito a esporle. Magari prima che il coniglio venisse servito in tavola.

35.

Le mie buone ragioni. Mi scappò un sorriso privo di allegria. Le avessi raccontate al mio capo sono sicuro che nel giro di un paio di minuti mi sarei trovato a dirigere il traffico. Ermini, invece, al massimo mi avrebbe preso per un visionario; fra l'altro ciò che sospettavo aveva cominciato a prendere forma anche grazie a lui. Anzi soprattutto grazie a lui. E in ogni caso di lí a qualche ora ci saremmo salutati, tornando a essere due estranei che mai piú si sarebbero incontrati di nuovo. Del giudizio che ci saremmo fatti l'uno dell'altro ci saremmo dimenticati nel giro di pochissimo. E in quel momento l'urgenza di trasformare in parole la mia teoria superava qualunque altra preoccupazione. Cosí non stetti a farla lunga.

– Quei due, – dissi, – riuscivano a comunicare a distanza. I pensieri del fratello giungevano a sua sorella. Mi capisce?

– Telepatia? – chiese Ermini.

– Non ci crede? – chiesi a mia volta.

Non rispose alla mia domanda. Piuttosto ne pose una pure lui.

– Cosa l'ha convinta che... insomma è una cosa cosí... ecco, quantomeno singolare. O rara, se preferisce.

Abile. Aveva rilanciato senza sbilanciarsi. E il pallino tornava a me. A quel punto dovetti scegliere se lasciar correre cambiando discorso oppure andare avanti, parlandogli dell'unica prova che ritenevo sostenesse la mia ipotesi, il diario. E fu quello che feci. Gli raccontai di come ne fossi entrato in possesso, e che sulle prime sembrava davvero la raccolta delle riflessioni piú intime della ragazza, ma che in seguito, pagina dopo pagina diventava qualcosa di molto diverso: la testimonianza di pensieri, messaggi lanciati da lontano e trascritti. Lui inviava, descrivendo posti, ciò che vedeva o faceva. La trasmissione si era via via affinata. La cosa che mi aveva colpito di piú erano i messaggi in cui la sorella deduceva le ore quando lui osservava la posizione del sole.

– O della luna, – specificai.

Se non mi credeva, adesso il diario era nella mia camera, nulla mi vietava di andare a prenderlo e mostrarglielo.

– Certo lei potrebbe ribattere che si tratta di una messinscena, una sorta di gioco tra due tipi un po' strani.

Ermini continuò a non parlare.

– Tuttavia c'è un particolare, – proseguii. – Perché, se quel diario non è una specie di gioco infantile…

Ecco, dissi cercando di essere il piú chiaro possibile, allora, se non era un gioco, ribadii, risultava evidente che il fratello aveva inviato messaggi anche durante la notte dell'omicidio. E quei messaggi giungevano da un luogo lontano dalla casa dei due.

– Lontano dal luogo del crimine, – sottolineai.

Erano inquietanti, intrisi di paura.

– Però nel diario non compaiono, – dissi, – per la semplice ragione che mentre lui li inviava la sorella era già morta.

Tacqui, sperando che Ermini dicesse qualcosa, ma dovetti arrendermi al suo silenzio impenetrabile. Sospirai.

– Arrivo al punto, – dissi, e lo guardai.

Un cenno del capo, niente di piú.

– Quei messaggi, o pensieri che fossero, non sono andati perduti. Qualcun altro li ha ricevuti.

Adesso bisognava che Ermini reagisse, che dicesse qualcosa, che mi spingesse a proseguire oppure che mi deridesse dicendomi che mi ero lasciato suggestionare dalla storia dei due, dal luogo dell'omicidio, dall'atmosfera che regnava su Spatz. Mi sembrava di aver parlato per delle ore, invece non erano passati che pochi minuti visto che non era ancora pronto in tavola.

– Temo che stia per aggiungere altro, – disse Ermini.

– I due sogni, – mormorai.

I sogni che aveva fatto per due notti consecutive. Non poteva averli dimenticati. E forse non erano solo sogni, o incubi.

– Forse sono la chiave per capire cos'è successo quella notte, e quella successiva.

Ermini non mosse un muscolo.

– Piú di qualcuno potrebbe riderle in faccia per ciò che ha appena detto.

– Ne sono ben conscio, – risposi.

Ma se la mia supposizione aveva un senso allora il presunto omicida non poteva trovarsi dove la guardia mi aveva mostrato poco prima. E nemmeno essere colpevole di ciò che era accaduto alla sorella.

– Nei due sogni che lei ha fatto, – spiegai, – il Danzas è di fronte. Lei vede le tre cime, la luna che passa dietro le rocce. È la stessa vista che si ha poco lontano dalla casa dei due. Usando la posizione della luna possiamo anche stabilire approssimativamente l'orario di entrambi i sogni, e di conseguenza dove si trovava il giovanotto, ancora vivo e in grado di descrivere quel che aveva intorno.

Dove ero stato quella stessa mattina il panorama era tutt'altro: il Danzas alle spalle, sotto gli occhi pietraie e boschi, e in lontananza la terra morta con la sua clinica.

– Da lí non è partito alcun messaggio e ciò può significare che il giovanotto era già morto. Che qualcuno ha portato là il cadavere al solo scopo di farlo ritrovare e chiudere il caso.

Con un ringraziamento speciale al cane da sangue che aveva contribuito a quella messinscena, ironizzai.

Ormai mi ero confessato; restava da capire se l'avessi fatto davanti a una persona disposta a credermi oppure in procinto di scoppiare in una bella risata. Era ora di saperlo, anche perché il padrone non avrebbe tardato ad avvisarci che il coniglio era pronto.

– Non le è mai capitato di avere esperienze del genere? – chiesi sfiorandomi la tempia con la mano.

– Non cosí… cosí…

Si interruppe, non completò la frase. Tuttavia, proseguí dopo qualche secondo, non si meravigliava che potessero accadere.

– Quella porta… – interloquii.

Fece un cenno di assenso. Fui lí per dire qualcosa, ma Ermini mi fermò alzando appena la mano.

– Se ciò che mi ha raccontato non è pura suggestione, ogni particolare del sogno o messaggio che sia può avere un significato.

– Si spieghi, – chiesi.

– Il maiale, per esempio.

I suoi versi, quello sbattere frenetico nel tentativo di liberarsi del secchio. Era stata la parte piú brutale, agghiacciante del sogno. Un'immagine che di tanto in tanto gli tornava alla mente. Era successo anche quella mattina, alla clinica, senza che ci fosse un motivo. Però era successo.

– Me lo vuole raccontare? – lo esortai.

– Sí, dunque, come dicevo, questa mattina… – attaccò, ma si interruppe.

Il padrone bussò alla porta del salottino, mostrò il suo viso rubizzo.

– Pronto in tavola, – annunciò.

36.

Tempismo, una delle tante cose per cui il mio capo era famoso. Non lo faceva apposta, il suo era un talento innato. Riusciva a rompere i coglioni nei momenti peggiori; a un mio collega era riuscito a telefonare durante la prima notte di nozze. Io mi ero appena seduto a tavola, circonfuso dall'aroma del coniglio. Mi avvisò il padrone, dispiaciuto, garantendomi che mi avrebbe tenuto in caldo il piatto.

Ero pronto a un duello a colpi di fioretto.

Toccò a lui la prima mossa.

Nessun saluto.

– Finita la passeggiata?

– Sopralluogo, – precisai.

Mi misi in posizione di guardia, in attesa della seconda botta.

Arrivò.

– Se ti piace chiamarlo cosí.

Subito, pensai: non lasciare tempo all'avversario, non mostrare incertezze.

– Lo devo alle circostanze, – risposi, un po' criptico, il giusto.

– Spiegati, – ribatté lui.

Adesso si entrava nel vivo.

– Intendo il ritrovamento del presunto assassino.

Marcai bene «presunto».

– Sarebbe a dire?

– Non sono certo che sia lui.

Mi aspettavo un attacco diretto, secco. Ma il Maiale voleva mettermi nell'angolo.

– Ci sono indizi?

– Sí.

– Quali?

Ecco, adesso toccava a me contrattaccare. Temporeggiai.

– Vaghi.

Una risposta che non poteva che innervosire il mio interlocutore.

– Quali, – ripeté lui, cassando il punto interrogativo.

Non mi passò per la testa di raccontargli di sogni, telepatia, menti in comunicazione a distanza. Men che meno di dirgli che, forse, un maiale poteva avere qualche importanza nella vicenda, anche perché non avrei saputo spiegarne il ruolo.

– Una specie di confessione scritta, – me la cavai cosí.

Temetti di ricevere per tutta risposta il *clic* che chiudeva la telefonata. Attesi.

– Pronto, – dissi dopo qualche istante.

– Avevi tre giorni, – disse lui. Mi restava ancora un po' di tempo. Ma allo scadere di quei tre mi voleva nel suo ufficio.

– Non tollero ritardi.

Il *clic* giunse subito dopo. Restai con la cornetta in mano. Guardai oltre la porta d'ingresso, la pioggia sembrava aver ridotto la propria intensità. Il coniglio aspettava. Anche Ermini.

37.

– Mi stava dicendo.

Ripresi cosí il discorso, rendendomi conto che sino ad allora avevo monopolizzato la conversazione parlando delle ragioni che mi avevano portato a Spatz e di quel poco, o tanto, che avevo concluso. Ora, non fosse altro che per una questione di cortesia, mi sembrava giusto che fosse lui a parlare, giacché aveva appena cominciato quando il padrone ci aveva interrotto.

– Di questa mattina, – disse lui.

– Appunto.

Quando gli era stato comunicato l'ennesimo rinvio dell'intervento.

Scossi la testa, cercando qualche espressione di circostanza per dimostrare un poco di solidarietà.

– Ancora! – esclamai.

Ermini si strinse nelle spalle. Se aveva voglia di sfogarsi, toccava a me offrirgliene l'occasione.

– Il professore le ha spiegato perché? – chiesi.

Alla mia domanda Ermini rispose dapprima con un'espressione di stupore, quindi, subito dopo, con un'altra domanda.

– Il professore?

Restai un po' cosí.

Il professore, chi altri…

Mi interruppe.

– Il professore non l'ho mai visto, – chiarí.

Singolare, a dir poco.

– Ma allora... – mormorai.

Ermini non mi lasciò continuare. Il suo primo assistente, quello cui era stato affidato il caso di suo fratello.

– A quanto ho capito il professore scende raramente in sala operatoria, questione di età. È piú una sorta di garante per il buon nome della clinica, – mi spiegò.

Era con il suo assistente che aveva parlato, con il dottor Fonseca, che lo aveva informato di essersi ferito durante un intervento per un banale incidente.

– Usando un bisturi, – specificò Ermini.

Proprio mentre gli raccontava il fatto, mentre gli mostrava la mano fasciata, ecco, in quell'istante gli era ritornata l'immagine del maiale con la testa incastrata nel secchio.

– Mi sono distratto, tanto che anche il chirurgo se n'è accorto.

Qualcosa non va, gli aveva chiesto.

– Ho risposto che era stato un piccolo capogiro.

Ma, continuò Ermini, l'immagine, che era tornata cosí prepotentemente, non l'aveva piú abbandonato. Precisa, definita, come era stata nel sogno.

– Sogno, pensiero, messaggio, – disse ancora. – Lei lo chiami come preferisce. Resta che è il punto centrale, l'aspetto piú importante.

– Un maiale? – sbottai, pensando a tutto ciò che era accaduto quella notte.

– Non lo sottovaluti, – ribatté Ermini. – I maiali sono meno stupidi di quanto si crede in genere.

Sapevo, per esempio, che i maiali possono essere addomesticati alla stregua dei cani?

No, ammisi. La mia cultura urbana arrivava solo a mangiarli tagliati in comode fettine.

O che possono diventare animali da guardia, spesso migliori degli stessi cani?

Le parole di Ermini mi spinsero a ripensare a ciò che la guardia aveva scritto nel suo verbale, alla condizione in cui i due vivevano, isolati, con la sola compagnia dei loro animali. Di un maiale cui forse non avevo prestato l'attenzione che meritava. Be', avevo ancora il tempo per rimediare prima di rimettermi in macchina e dire addio a Spatz. Ermini mi richiamò al presente.

– Non siamo molto diversi da loro, noi esseri umani, – commentò lui. – Anche noi mangiamo pressoché di tutto.

Come dire, pensai, che crediamo a tutto ciò che ci raccontano. Il coniglio nel piatto s'era intiepidito. Ne piluccammo entrambi qualche boccone, evitando di guardarci. Se il padrone ci avesse visto avrei giurato che sarebbe corso a chiedere se la sua specialità non era di nostro gradimento. Ermini depose coltello e forchetta, gesto che dichiarava la fine del suo pranzo. Masticò lentamente, deglutí.

– Immagino sia in partenza, – disse poi.

Fui solo sfiorato da un sospetto, deformazione professionale. Intendeva scoprire cosa avessi intenzione di fare? Stetti sul vago, cercando di non apparire maleducato.

– Mi resta qualche oretta di tempo.

– Bene, – fece lui pulendosi la bocca. – Ci saluteremo piú tardi.

Assentii.

– Lei torna alla clinica? – chiesi a mia volta.

– Penso che mi riposerò un po', – rispose, dandomi l'impressione di voler usare anche lui la mia stessa vaghezza.

Aveva smesso di piovere, ma nonostante fossero le prime ore del pomeriggio la luce aveva una tinta crepuscolare. Ermini chiese il permesso di alzarsi.

– A dopo, – dissi, pensando che anch'io dovevo darmi una mossa se volevo fare quello che mi ero messo in testa, cioè tornare sul luogo dell'omicidio. Sarebbe stato l'ultimo atto della mia permanenza a Spatz, anche se in teoria ci avrei potuto passare un altro giorno. Mi alzai e mi avviai verso la porta della pensione. L'aprii per dare un'occhiata all'esterno. Il cielo era cupo. Sarebbe arrivata dell'altra acqua oppure neve?

– Neve, – disse alle mie spalle il padrone.

Non l'avevo sentito arrivare. Mi girai a guardarlo, sorrideva.

– Neve, – confermò.

Bastava annusare l'aria, se ne sentiva l'odore.

38.

Cercai di percepire l'odore che annunciava la neve. Non ci riuscivo. Erano piú il silenzio e l'assenza di aria ad annunciare un cambiamento. Il freddo, anche. Nonostante ciò, quando giunsi davanti al cancelletto della casa dei due ero sudato. E i piedi avevano ricominciato a farmi male; avevo tenuto gli scarponi prestati. Mi fermai giusto per dare un'occhiata intorno, al Salter e al Danzas soprattutto, semi nascosti dalla coltre di nuvole. Tra le cose che avevo visto in quelle poche ore forse l'immagine che non avrei mai piú dimenticato, il simbolo di quella disgraziata trasferta.

L'aria mi faceva bruciare i polmoni. Avvertii finalmente un rumore che ruppe l'oppressione del silenzio, compresi che veniva dalla casa. La porta d'ingresso sbatteva, spinta dal vento che entrava liberamente nelle stanze ormai disabitate. Cominciò a scendere qualche piccolo fiocco di neve. Guardai in su, ne avvertii alcuni che mi si poggiarono sul viso. Aprii il cancello e mi avviai lungo il vialetto camminando lentamente, continuando a guardarmi intorno, ripensando alla notte in cui ero stato lí, alla paura di bestie sconosciute che adesso mi aveva abbandonato. La porta tornò a sbattere come se volesse invitarmi a entrare. Ma ero lí per un altro motivo, pensai, come se mi stessi giustificando con un invisibile padrone della dimora. Volevo vedere il maiale, quindi girai attorno al muro perimetrale e raggiunsi l'area destinata al pollaio. La densità dei fiocchi stava aumentando, erano piú fitti e piú grossi. Il maiale era ancora lí, la testa sempre incastrata nel secchio. Avanzai con lentezza, come se temessi di trovarlo ancora vivo, un timore assurdo. Le zampe erano rigide, l'addome gonfio. Notai subito un dettaglio. Aveva un collare. Avvicinandomi ancora di piú vidi che sopra era inciso un nome. «Fridi», mi parve di leggere. Ciò che Ermini mi aveva detto poco prima acquisí un peso diverso. Fridi, dissi tra me e me. Come se fosse un cane, uno di famiglia.

Scacciai quei pensieri perché adesso la neve era davvero fitta, la terra intorno cominciava a imbiancarsi. Ero venuto lí con un'intenzione precisa e mi misi all'opera. Afferrai il secchio dal fondo e cominciai a tirare. Ci volle un po'. Vuoi per il gonfiore dell'animale, vuoi per il freddo, non fu facile come avevo pensato. Feci leva con un piede e ci riuscii, ma lo sforzo mi spedí col sedere per terra e il secchio in mano, di fronte alla bestia. I suoi occhi sembravano voler uscire dalle orbite. Rispetto al resto del corpo la pelle aveva un colorito grigio, qua e là chiazzato da macchie piú scure. La bocca era semiaperta, vedevo la linea dei denti, quei denti che erano abituati a masticare di tutto. Avvertivo un odore di cibo fermentato. Nel secchio c'erano i resti dell'ultimo pasto.

Qualcosa che spuntava dalla bocca attirò la mia attenzione quando tornai a guardargli il muso. Sulle prime pensai a un pezzetto di legno. Mi avvicinai per guardare meglio e solo allora capii. Restai indeciso per qualche istante. Non avevo pinzette con me, quindi non mi restava che usare la mano. La protessi con un fazzoletto e lentamente, come se il maiale potesse tornare in vita e mordere, recuperai quello che dovevo. Prima di infilarmelo in tasca, ben avvolto nel fazzoletto, lo osservai. Non volevo illudermi, ma la mia piccola scoperta poteva gettare una luce nuova su ciò che era accaduto. Avevo una prova, o almeno un elemento concreto da cui ripartire. Mi restava da compiere un'ultima verifica. Forse avrei potuto farne a meno, ero certo che la memoria non mi ingannasse. Ma una conferma mi avrebbe dato maggior sicurezza. Non avevo bisogno di guide ormai, conoscevo la strada per il cimitero di Spatz. Però dovevo sbrigarmi, perché la nevicata si faceva sempre piú fitta e la mia intenzione, comunque fossero andate le cose, era di ripartire immediatamente per rientrare in città quella stessa sera. Certo, dato il tempo la prudenza avrebbe suggerito di rimandare, ma il pensiero di un'altra notte lí mi risultava intollerabile. Sentivo che non avrei retto un'ora di piú davanti a quel paesaggio privo di orizzonti che non fossero rocce, valli e boschi, che il buio riduceva a nulla dando l'impressione di essere circondati dal vuoto.

La vista del cimitero non contribuí a migliorare il mio umore. Le lapidi sporgevano scure come denti dal manto nevoso e il loro rivolgersi verso le cime del Danzas sembrava uno stato di attesa, quasi non vedessero l'ora che anche i due corpi deposti nella cappelletta, che aspettavano la chiusura ufficiale dell'indagine per ricevere la sepoltura, li raggiungessero sottoterra. Controllai che lungo il vialetto non ci fossero tracce di qualcuno. Non me ne sarei meravigliato, dopo ciò che avevo trovato nella bocca del maiale. Niente orme. Impressi le mie sullo strato di neve; non sarebbero durate a lungo stante l'intensità della nevicata. Nonostante la certezza di essere solo fui comunque cauto, soprattutto quando si trattò di entrare nella cappella. Prima di farlo diedi un'occhiata. Mi colpí il buio che regnava all'interno, e l'odore che mi salí nel naso. Un odore che sembrava generato dal silenzio, cattivo come una presenza nascosta, ostile. Percepii ancora una volta la mia estraneità a quel posto, non solo il cimitero: Spatz, le montagne, la poca gente che avevo incontrato. Era l'odore di un posto dove non avrei dovuto ficcare il naso e che mi avrebbe fatto pagare la mia intrusione. Ne sentivo la minaccia. Avrei dovuto seguire l'istinto e andarmene subito. Invece entrai frugando nelle tasche dei pantaloni alla ricerca dell'accendino per avere un minimo di luce. Non lo accesi subito, poiché ormai ero dominato dalla sensazione che qualcuno mi stesse osservando. Dovetti farlo, però, quando fui di lato al cadavere del fratello coperto dal lenzuolo. Non lo sollevai interamente, mi interessava dare un'occhiata solo alla sua mano destra. Il *rigor* si era ormai completato. La mano era gelata, bluastra. Guardai le dita alla luce dell'accendino. C'erano tutte, integre, nessuna lesione. Spensi e rimasi al buio, immobile. Fuori una luce grigiastra e un muro di neve che continuava a cadere. Bon, pensai, non importava, neve o no sarei ripartito quella sera stessa. La mia indagine sarebbe continuata in città, se solo avessi avuto il colpo di fortuna che speravo.

39.

Considerato che era metà pomeriggio, avrei potuto essere a casa ben prima di mezzanotte. Le condizioni atmosferiche e la strada avrebbero sicuramente rallentato la mia marcia, ma la cosa non mi preoccupava. Piú di me sembrò preoccuparsi il padrone della pensione quando gli chiesi di prepararmi la nota delle spese da presentare per il rimborso e un caffè che avrei preso dopo essere salito in camera e aver preparato la valigia. Niente altro dissi, nonostante la sua insistenza a volermi fornire un paio di panini, almeno quelli, per il viaggio, considerando che lungo il tragitto sarebbe stato difficile trovare uno dei rari locali a valle ancora aperto.

Quindi aggiunse che sotto i mille metri la neve smetteva e riprendeva la pioggia. Lo ringraziai per l'informazione e salii in camera. Preparare la valigia fu questione di un attimo. Ci buttai alla rinfusa le poche cose che mi ero portato, compreso il libro che non avevo piú letto e il diario, che nascosi sul fondo. Sorridendo mi resi conto che avevo ancora addosso gli scarponi del padrone. Diedi un'occhiata alla camera che mi aveva ospitato per una notte, alla finestra che affacciava su un Danzas pressoché invisibile e che mandai al diavolo tra me e me.

Quando fui sulla porta mi venne in mente il mio vicino di camera, l'unico altro estraneo a quel luogo a parte il sottoscritto. Salutarlo, avvisarlo che me ne stavo andando e che sarebbe rimasto da solo a godere le prelibatezze della cucina di Spatz mi parve il minimo. Sempre che fosse nella sua camera. In caso contrario gli avrei lasciato un biglietto con i saluti. Bussai, quasi sperando che non ci fosse poiché la fretta di partire era ormai incontenibile. C'era invece. Aprii appena il battente e infilai la testa.

– Venga, – disse lui.

Era seduto su una poltroncina, completamente vestito, con un libro aperto sulle ginocchia che secondo me era fermo da un pezzo alla stessa pagina.

– Volevo salutarla, – risposi, restando sulla porta.

Ermini sembrò soppesare le mie parole.

– Parte? – chiese poi.

– Sí, – confermai, aspettandomi l'obiezione che venne.

– Con questo tempo?

– Domattina potrebbe essere peggio, se continua a nevicare con questa intensità, – dissi. – E poi qui non ho piú niente da fare. A parte assaggiare le squisitezze della casa, – scherzai.

Ermini non colse l'ironia.

– La versione ufficiale era corretta, quindi, – osservò. – Se n'è convinto anche lei.

Chiuse il libro provocando un rumore secco e mi guardò.

– Nonostante tutto, – aggiunse.

Non c'era sfida nel tono della sua voce, nemmeno delusione. Forse era ben nascosta. Be', non mi piaceva la prospettiva di andarmene lasciandogli l'impressione di aver avuto a che fare con un imbecille.

– Non proprio, – dissi.

Ermini mi interrogò con lo sguardo.

Feci due passi dentro la sua camera. Chiusi la porta.

– Devo mostrarle una cosa.

– Perderà tempo, si farà buio, – osservò lui.

Era vero, ma a quel punto non potevo tirarmi indietro. Infilai una mano nella tasca dei pantaloni e tirai fuori il fazzoletto dentro il quale avevo avvolto ciò che avevo trovato tra i denti del maiale. Tenendolo sul palmo glielo misi sotto gli occhi. Ermini guardò, un'espressione di stupore, prima, poi disgusto. Aveva capito cosa gli avevo messo sotto gli occhi?

– È un pezzo del dito di una mano, – specificai.

L'indice di una mano destra, tranciato tra la prima e la seconda falange.

Mi guardò in silenzio.

– Dove l'ha trovato? – chiese poi.

– Sul luogo del delitto, nella bocca del maiale, – risposi.

Si ricordava ciò che mi aveva detto a proposito di quelle bestie, della possibilità di addomesticarle, del fatto che potessero essere meglio di un cane da guardia? Erano state le sue parole a convincermi a dare un'ultima occhiata.

– E adesso? – chiese ancora.

Adesso… Sospirai.

Adesso era davvero ora di saltare in macchina e partire. In città, grazie ai tecnici del nostro laboratorio, potevo sperare di scoprire qualcosa di piú su quel frammento di anatomia, magari dargli un nome, e usarlo per ricostruire la vicenda.

Ermini si alzò in piedi, uno sguardo alla finestra oltre la quale, ormai, si vedeva ben poco. Allungai la mano per salutarlo e augurargli ogni fortuna per l'operazione del fratello.

– L'accompagno, – disse lui.

Aveva trascorso l'intero pomeriggio in camera, scendere di sotto un momento non gli avrebbe fatto male. Magari avrebbe scambiato due parole col padrone, si sarebbe fatto raccontare le ultime novità udite alla radio.

Il caffè mi stava aspettando. Il padrone, dopo averne servito una tazza anche a Ermini, mi disse che sperava di rivedermi a Spatz.

– Naturalmente in circostanze diverse.

Quando uscii, con i due alle spalle che assistevano alla mia partenza, non potei fare a meno di guardare il panorama. Per la prima volta da che ero lí mi parve gradevole, una cartolina natalizia. Anche la mia macchina, il muso rivolto verso di me, sembrò sorridere all'idea di rimettersi in movimento. Salutai di nuovo.

Il motore si avviò immediatamente. I tergicristalli spazzarono la neve che si era accumulata sul parabrezza; ingranai la marcia. Ermini e il padrone erano sempre sulla soglia. Mi salutarono agitando la mano. Me li ricordo cosí, fermi, tranne le mani che sventolavano, la luce della sala a illuminarli da dietro.

Poi la strada che usciva da Spatz. Poi il cartello che segnalava l'inizio di una serie di curve pericolose. Poi, l'auto che comincia a tossire, a procedere a strappi, e il mio occhio che vola a controllare lo stato del serbatoio; la lancetta è completamente schiacciata a sinistra. Lo sguardo mi cade sullo specchietto retrovisore, giusto il tempo per vedere il profilo di un uomo sul sedile posteriore. Poi una puntura nel collo e un braccio che si allunga per tirare il freno a mano. Poi piú niente.

40.

– È giusto che sappia alcune cose.

La voce, che lasciò dietro sé una sorta di eco, mi svegliò dal sonno in cui ero caduto. Se poi era sonno.

Subito mi convinsi di averla sognata, la voce. Prima di aprire gli occhi e di accorgermi che ero avvolto dal buio totale. Ma soprattutto prima di rendermi conto, tentando di passarmi una mano sul viso, che ero bloccato in un letto. Ero immobilizzato e come cieco. Non avevo alcun punto di riferimento nell'oscurità. Una condizione che mi impediva quasi di percepirmi; c'era solo il ritmo accelerato del mio respiro a dirmi che, nonostante tutto, ero vivo. Calcolare il tempo in una simile condizione risultava pressoché impossibile. E lo stesso capire dove mi trovavo, da quanto. Ma il tempo passava lo stesso e le parole che avevo sentito stavano già rientrando in un'idea di sogno, mentre frammenti di ciò che mi era accaduto – ma quanto tempo prima? – cominciavano a emergere dalla memoria. Stavo visualizzando il cartello, quello che annunciava una serie di curve pericolose quando, come se le stessi percorrendo realmente, mi prese un accesso di nausea e la voce tornò, restituendomi al presente. Aveva ancora quella flebile eco.

Cercai di parlare, ma avevo la bocca impastata, la lingua attaccata al palato. Al ricordo del cartello stradale seguí quello di una puntura, cosí reale che avvertii un prurito alla base del collo. Avevo bisogno di acqua. Di vedere un poco di luce.

– Non si agiti, – rispose la voce. – Si rilassi, glielo dico da medico. Ci vorrà un po' affinché le sia tutto chiaro. E non è escluso che, di tanto in tanto, debba lasciarla solo. Sa com'è, quando il dovere chiama...

Mi parve di sentire una risata in coda a quelle parole. Reagii strattonando le cinghie che mi tenevano bloccati mani e piedi. Ma la voce mi invitò subito a smetterla, era una fatica inutile.

– È necessario, mi creda. E comunque dovrebbe ritenersi fortunato: si trova pur sempre in una delle migliori cliniche del mondo.

Avvertii di nuovo l'accelerare del respiro.

Il cartello stradale, la puntura alla base del collo, l'asticella del serbatoio schiacciata sulla sinistra, e infine il buio intorno, il buio che nascondeva il fondovalle.

Il buio, mormorai tra me.

– Non sono passate che un paio d'ore da ciò che le è capitato, – commentò la voce. – Non deve preoccuparsi d'altro che di stare tranquillo. Dopo averla recuperata abbiamo provveduto ad avvisare il suo ufficio dell'accaduto. Li terremo informati sulle sue condizioni. Adesso è nelle nostre mani e...

La voce si interruppe prorompendo in una franca risata.

– Mi scuso.

Imperdonabile, si era dimenticato di presentarsi.

– Rimedio subito, – disse, – sono il dottor Fonseca.

Mentre ascoltavo avevo spremuto quanta piú saliva mi riuscisse per poter articolare una frase. O gridare. Mi illusi. L'unica cosa che riuscii a dire, pressoché in un soffio, fu:

– Il professore.

Dal silenzio che seguí pensai che non si fosse sentito.

Ma la voce riprese.

– Be', ho ancora qualche minuto prima di doverla lasciare solo per un po', – disse. – E, visto che mi ha chiesto del professore....

Avevo presente quella piccola annotazione del diario della ragazza, due righe che sicuramente non potevano essermi sfuggite pur risultando decisamente misteriose?

– «... l'hai visto... li hai visti... è lui... torna da solo...» – recitò.

Fu il momento esatto in cui mi convinsi di essere in trappola.

– Abbiamo recuperato il suo bagaglio, anche se dubito le servirà a qualcosa. La macchina invece abbiamo dovuto farla sparire, – aggiunse la voce del dottor Fonseca.

41.

Il padrone della pensione era stata la prima persona che il professore aveva conosciuto. Era accaduto in occasione dei suoi primi sopralluoghi nell'area dell'ex sanatorio. A quel tempo Spatz era un luogo destinato a una lenta agonia, nessuno aveva ancora promosso l'idea di proiettarlo tra i paradisi degli sport invernali. Alcuni piccoli alberghi avevano già chiuso i battenti: un certo tipo di turismo si era estinto a favore di nuove mete esotiche. Nonostante tutto, la *Pensione del Sole* tentava di resistere, orgogliosa del suo fascino *d'antan* testimoniato dal nome dipinto sopra l'ingresso. Era diventata la base di appoggio del professore a Spatz; vi si fermava settimane intere, compiendo estenuanti ispezioni agli edifici dell'ex sanatorio. In lui la convinzione circa la fattibilità del progetto cresceva, e il padrone della pensione se l'era accaparrato. Aveva capito quali idee avesse, e per lui era diventato un affare da non perdere. Il suo alberghetto sarebbe diventato una succursale della futura clinica, il luogo ideale per ospitare i parenti dei ricoverati. Premure a non finire, prelibatezze servite a pranzo e cena, la massima disponibilità per qualunque cosa servisse.

– Anche lei ne ha conosciuto i modi, – disse la voce.

Non riuscii a contenere un brivido che mi uscí dalla bocca con una sorta di lamento. Il freddo, che solo allora cominciavo ad avvertire nella stanza. Mani e piedi erano già gelati.

– Sí, lo so, – disse la voce.

Il freddo, il buio, l'assenza di ogni punto di riferimento. Lo spaesamento che consegue al trovarsi in uno stato di contenzione fisica senza la possibilità di intravedere una via d'uscita. Era tutto parte del processo studiato dal professore per preparare i pazienti a interventi spesso destinati all'insuccesso. Far sí che la mente si staccasse dal cervello, permettere al corpo di presentarsi al bisturi come se non fosse altro che una gabbia di carne e ossa. La coscienza già lontana, separata, altrove. I tempi necessari a raggiungere un risultato del genere erano variabili, dipendeva da soggetto a soggetto.

– Ma non divaghiamo, – disse la voce. – Capirà da sé quello che intendo dire.

Bisognava che adesso venissi a conoscenza di un vezzo del professore, le passeggiate. La natura aspra, talvolta addirittura crudele, inospitale aveva suggestionato in modo del tutto particolare la mente di quell'uomo. In un certo senso completava il suo metodo.

– Rappresentava un'anticamera, – disse la voce, – se mi posso esprimere cosí.

Non gli veniva immagine migliore per esprimere ciò che il professore riteneva propedeutico al trattamento successivo. Già l'allontanarsi dal proprio luogo di appartenenza, quale che fosse, avvertendo lungo la salita verso Spatz la progressiva distanza da quella che era stata la vita normale, induceva il soggetto a un primo passo verso il distacco da sé. Al resto provvedeva il fascino scuro delle rocce, l'impenetrabile muro di quelle montagne che trasmettevano un senso di confine, o di limite.

– Bene, – disse la voce, – il professore, nei suoi momenti di libertà, aveva voluto conoscere la terra che circondava la clinica palmo a palmo. Naturalmente doveva servirsi come guida di chi questa terra la conosceva alla perfezione per esserci nato. Il padrone della pensione, per esempio. O la guardia distrettuale. O il postino, cui lei ha avuto la grazia di lasciare un duraturo ricordo.

Non potevo aver già dimenticato ciò che era accaduto la notte prima, no? In quella casa cosí isolata, cosí disabitata...

– Quando io giunsi alla clinica quella di esplorare i dintorni era per il professore un'abitudine consolidata, – disse la voce. Quindi fece una pausa e riprese ridendo. – Deve sapere che anche per me la clinica era una sorta di ultima spiaggia.

No, non dovevo pensare, se lo stavo facendo, che fosse ammalato.

– Le risparmio la domanda.

Un peccatuccio di gioventú piuttosto. Un peccatuccio che l'aveva messo in certi guai pagati con un discreto periodo di inattività e lo sgradevole strascico di una cattiva fama.

– L'avrebbe scoperto da sé, se fosse riuscito a tornare in città. A volte le impronte digitali dicono molto di piú di un lungo discorso. Ma non voglio annoiarla con sciocchezze che appartengono al passato. Il tempo vola e prima di trasferirla in sala operatoria vorrei proprio che sapesse in quale guaio si è cacciato.

Certo, se il professore non gli avesse dato un'occasione, sorvolando sui trascorsi perché ammirato dalla sua raffinata abilità di chirurgo, dalla sua dedizione al lavoro, dalle parole con le quali aveva condiviso i particolari obiettivi della clinica...

La voce interruppe la considerazione.

– Stavo dicendo delle passeggiate, – riprese, – tuttavia non mi è possibile continuare adesso. Devo lasciarla per un po'. Questa clinica non dorme mai. Sappia che fuori è ancora buio. A presto.

42.

Faticavo a pensare. Il buio, il freddo, il silenzio mi costringevano a rivolgere loro quasi tutta la mia attenzione senza peraltro la possibilità di reagire. Le parole uscivano una alla volta da quello che mi sembrava un sottile strato di ghiaccio che si stava formando sulla superficie del mio cervello. Si componevano in pensieri brevi. Il primo, chi mi aveva fregato?

Si formò, unico, liberandosi dal ghiaccio. Cominciò a compiere movimenti circolari cercando di giungere alle labbra. Lo vedevo aggirarsi attorno al cartello stradale che annunciava l'inizio di una serie di curve pericolose. A mille metri la neve sarebbe cambiata in acqua. L'asticella del serbatoio schiacciata a sinistra. Diedi uno strappo, per un momento dimenticando che ero legato mani e piedi, come se volessi rivolgere un ultimo saluto ai due che stavano sulla soglia della *Pensione del Sole*. Il padrone che si sfrega le mani. Ermini che si stacca da lui e rientra sparendo dalla mia vista.

Rivedo la scena nella sua camera mentre gli mostro quel pezzo di dito trovato nella bocca del maiale. Il suo sguardo un po' schifato, quasi incredulo. Nessuna parola di commento. Poi lo riavvolgo nel fazzoletto, lo rimetto nella tasca della giacca e ricomincia tutto da capo: il cartello che segnala l'inizio di una serie di curve pericolose, la neve che diventerà acqua a mille metri... il padrone... Ermini sulla soglia della pensione... l'uomo che compare alle mie spalle in auto.

43.

– Sta progredendo verso la condizione ideale.

La voce mi svegliò.

– Ma ci resta ancora un po' di tempo, dobbiamo riprendere dalle passeggiate. Anzi: dalla passeggiata.

L'ultima.

Mi pregò di ricordare quel piccolo brano del diario che aveva citato poco prima. Il sentiero che io stesso avevo percorso quella mattina in compagnia della guardia. Non potevo aver dimenticato quanto fosse impervio... Il tratto piú pericoloso, comunque, era quello in cui la traccia girava dietro il Danzas, là dove la vista si apriva sull'area della clinica. Fu proprio in quel punto che il professore...

– Fu una cosa improvvisa, – disse la voce. Il momento prima il professore era in piedi ad ammirare da lontano la sua creatura, il momento dopo era afflosciato a terra. Chiedeva aiuto...

– Biascicava il mio nome –. Tentando, senza riuscirci, di rimettersi in piedi.

– Quant'era agitato il padrone della pensione nel riferirmi l'accaduto. Balbettava come se al posto della lingua avesse un ingranaggio difettoso. Mi disse che, non sapendo cos'altro fare, aveva lasciato il professore dov'era ed era corso a chiamarmi. Io lo tranquillizzai, gli garantii che mi sarei immediatamente attivato. Che mi aspettasse per condurmi sul posto.

Al termine della telefonata il dottor Fonseca aveva capito che finalmente il suo momento era arrivato.

Ascoltavo quelle parole che cadevano su di me dal buio l'una dopo l'altra. Mi chiesi se il corpo da cui uscivano fosse lí presente, nascosto in un angolo della stanza, oppure altrove. Erano parole dotate di forza, scacciavano quelle che nascevano dentro la mia mente impedendomi di formulare pensieri. Il freddo mi aveva tolto sensibilità, non avvertivo piú la stretta delle cinghie alle mani e ai piedi.

Il tempo correva, l'ora del bisturi si stava avvicinando. Un bisturi che talvolta si rivelava inutile, tagliava solo l'ultima, flebile speranza, lasciando dietro sé corpi privi di vita.

– Appunto, – ribadí la voce, – tutti quei corpi, molti dei quali giovani come il suo.

Piú volte, disse la voce del dottor Fonseca, aveva pensato allo spreco di quei corpi: cuori, reni, fegati, organi spesso perfettamente integri che andavano a marcire sottoterra o a bruciare nei forni. Anche altri nella clinica avevano mostrato di condividere la sua idea che fosse un peccato non approfittarne.

– Bene, – disse la voce, – quel giorno di due anni fa intuii che era giunto il momento di cambiare qualcosa nelle procedure fin lí adottate.

Il professore, che non avrebbe certo approvato, era morto sotto i suoi occhi su quel sentiero, ammirando la clinica che aveva creato. Ma la notizia non doveva trapelare, il suo nome doveva continuare a rappresentare una garanzia, ad alimentare le speranze; l'avevano guardato spegnersi senza fare nulla. E chissà cosa sarebbe comparso sul diario se il giovanotto avesse osservato anche quella scena, dopo aver visto il professore accasciarsi e il padrone della pensione che si allontanava lasciandolo lí per correre a cercare aiuto. Come avrebbe descritto quella mano gentile, dalla grafia cosí ordinata, l'immagine di tre uomini che assistono immobili agli ultimi istanti di vita di un quarto?

– Tre, – confermò la voce. – Perché il padrone della pensione si era premurato di coinvolgere anche la guardia del distretto, stupito di vedermi giungere senza aiuti dalla clinica. Dubito che intuí perché non mi feci accompagnare da nessuno.

Ma, chiese la voce, riuscivo a immaginare cosa era accaduto dopo? Come li aveva convinti che da quel momento in avanti, se gli avessero dato retta, anche per loro ci sarebbero stati solo vantaggi?

Fino ad allora io avevo tenuto gli occhi aperti benché non vedessi altro che buio. Adesso le palpebre cominciavano a cadere, dovevo concentrarmi per impedirlo. Mentre ascoltavo avevo messo in fila poche parole che approfittarono di un momento di silenzio della voce per uscire meccanicamente.

– Lei è in questa stanza?

Sentii un risolino.

– Non perda tempo con domande inutili, – fu la risposta del dottor Fonseca. – Si chieda piuttosto che fine faranno i suoi organi.

44.

Un cuore ha una precisa funzione. Al pari di un rene, di un fegato. Quando tieni tra le mani uno di questi organi capisci che non sono altro che pezzi di ricambio di una macchina. E come tali hanno un valore.

– Esiste un mercato anche per questi pezzi di ricambio, – disse la voce. Il peccatuccio di gioventú gli aveva insegnato parecchie cose, l'aveva…

– Diciamo che mi ha introdotto in certi ambienti dove tutto si può vendere e comprare. Anche un uomo intero si può comprare pagando il giusto.

Il padrone della pensione e la guardia avevano il loro prezzo.

Giunti sul luogo dove il professore stava agonizzando il dottor Fonseca si era frapposto tra lui e i due che l'avevano accompagnato. C'era una cosa che dovevano sapere prima di prendere qualunque decisione. La morte del professore avrebbe probabilmente decretato la fine della clinica. Questo, però, se fosse stata resa pubblica. Perché se fosse stata nascosta, invece, avrebbe potuto produrre notevoli vantaggi.

– Doveva vedere le facce di quei due! – esclamò la voce. Sconcertati, a dire poco.

Una serie di rantoli avevano occupato il silenzio seguito a quelle parole. La luce della tarda mattinata era quanto di piú simile a un riflesso metallico. La roccia del Danzas sudava come la fronte del professore. Nemmeno quelle dei due erano propriamente asciutte. La domanda era uscita quasi contemporaneamente dalle loro bocche.

«Cosa intende?»

Lui aveva risposto nel modo piú chiaro possibile.

«Tacere».

E ascoltarlo.

– Dovevo fare in modo di renderli miei complici subito, – continuò la voce. Raccontare quanto avrebbe reso, pure a loro, un commercio di organi. Non c'era tempo da perdere, la decisione andava presa lí, in quel momento.

«Ci sta chiedendo di assistere alla morte del professore senza fare niente?»

Era stata la guardia a parlare.

Ribadí che stava chiedendo loro di prendere una decisione.

– Mezz'ora piú tardi... – disse la voce, ma si interruppe.

Ci fu un istante di silenzio.

– Mi perdoni, ma devo allontanarmi per qualche minuto, – aggiunse poi. – E, a proposito, per quanto poco possa contare: no, non sono in questa stanza.

45.

Può sembrare strano, ma avrei voluto che quella voce non smettesse. Che il dottor Fonseca non si allontanasse lasciandomi dentro un vuoto che ormai cominciavo a percepire con la coscienza, mentre il letto su cui ero legato pareva sparito, forse per effetto del freddo, della rigidità di ormai tutti i miei muscoli. Temevo che di lí a poco non avrei piú avuto alcuna forza, nemmeno quella per chiedere chi mi aveva fregato.

– Chi? – mormorai.

– Chi, – sbottò la voce facendomi appena sobbalzare.

Mi aveva mentito, non mi aveva abbandonato, aveva solo voluto continuare a farmi compagnia stando in silenzio per un po'. Vedere come procedevo verso il traguardo, dopodiché sarebbe rientrato in azione.

– Chi, – ripeté.

La risposta era facile.

– Lei, chi altri?

Io, disse, mi ero fregato con le mie mani. Perché mai, mai avrebbe immaginato una cosa simile.

– Da non credere.

Ma era ancora presto per giungere al finale. Mancava un pezzo importante.

– Si prepari ad ascoltare una storia d'amore, dopodiché avrò finito e saprà ogni cosa.

La storia del dottor Massenti, chirurgo sentimentale.

46.

Era stato l'ultimo acquisto del professore, giusto tre anni prima. Giovanotto di belle speranze, era arrivato a sostituire un collega che non sopportava piú la vita quasi monastica della clinica. In sala operatoria s'era subito dimostrato assai promettente. Tuttavia ciò che ne aveva fatto il pupillo del professore era stata la sua piena condivisione della morale, del metodo. Massenti era votato alla causa, si potrebbe dire. Tant'è che, al pari del suo mentore, s'era legato immediatamente al luogo, a Spatz, alle sue montagne. Passata una prima fase di ambientamento ai ritmi della clinica, aveva cominciato anche lui a esplorare i dintorni nei momenti di libertà. Camminava da solo per interi pomeriggi, ritornando entusiasta dei paesaggi che aveva scoperto; ma l'unico che condivideva le sue emozioni era appunto il professore. Gli altri membri dello staff restavano piuttosto indifferenti alle sue parole, incapaci di comprendere come un giovane potesse ritenersi cosí soddisfatto di consumare la propria vita in un ambiente come il distretto di Spatz. Per quanto tenessero molto a quel lavoro profumatamente pagato, non appena potevano tutti se ne andavano altrove a trascorrere i periodi di libertà. Ma il giovane dottor Massenti no, non aveva legami con il resto del mondo, nessuno che lo aspettasse.

– Lo compresi quando il professore gli concesse la sua prima settimana di ferie, – disse la voce.

Alla domanda su cosa avrebbe fatto, su come e dove avesse intenzione di trascorrerli, quei sette giorni, aveva risposto che sarebbe rimasto lí, a Spatz, avrebbe passeggiato, scalato, proseguendo nella scoperta dei dintorni. Al mondo era solo, nessuno lo aspettava, nessuna casa lo attendeva. La clinica stava diventando la sua casa, Spatz e le sue montagne stavano diventando il suo luogo di appartenenza. Finalmente, aveva detto, aveva trovato un posto dentro il quale poteva specchiarsi.

– Sentimentale, non le pare? Fu in quel periodo che il professore volle parlare con me, – proseguí la voce. – A proposito di lui, di Massenti. Mi disse che di lí a un po' avrei avuto un ottimo aiuto, proprio come io lo ero stato per lui.

Gli anni passano, volano, aveva detto il professore, nemmeno lui sarebbe durato in eterno. Pensava al futuro della clinica. Riteneva che fosse ora di dare al Massenti la possibilità di dimostrare il proprio valore, affidandogli la piena responsabilità di condurre da solo un intervento. Occorreva prepararlo al futuro, che era anche quello della clinica, in modo che ci fosse sempre qualcuno a continuare la sua opera: uomini dedicati a una sorta di missione, un sogno di vita oltre la vita.

– Non immaginava che da tempo progettavo di sostituire al suo metodo il mio metodo, – disse la voce del dottor Fonseca. – In un certo senso tra la mia filosofia e la sua lo scarto era breve. Un cuore, un rene, un fegato possono essere altrettante speranze di vita, purché si sia disposti a pagarli adeguatamente.

Dovevo solo avere pazienza, oppure sperare in un'occasione da cogliere senza esitazioni.

Ma ci stavamo allontanando dalla storia d'amore, osservò la voce.

Quand'era cominciata?

– Chi lo sa. Il diario, in questo senso, ci aiuta poco. Non è d'accordo con me?

Di sicuro si poteva supporre che a forza di girovagare il dottor Massenti si fosse imbattuto in quella casa solitaria e nei suoi due occupanti. La ragazza doveva aver fatto colpo su lui. Ed è probabile che anche lui non le fosse indifferente. I bei modi del dottor Massenti affascinavano anche i famigliari dei ricoverati: ogni suo gesto trasmetteva un'assoluta dedizione alla causa. Era però possibile che la ragazza avesse tentato di resistere, di rifuggire certi pensieri per via della condizione del fratello.

– Difficile dirlo, perché nel frattempo accadde quello che già sa. Il professore incontrò la morte.

Il silenzio scese all'improvviso. Sembrava una pausa a effetto.

– Fu d'accordo anche lui, Massenti, sul tenere nascosta la disgrazia, – riprese poi la voce. – Anzi, il piú convinto.

Il piú convinto nel sostenere che il nome del professore dovesse continuare a vivere per il bene della clinica.

Il sentimentale dottor Massenti, votato alla missione!

– Da quel momento cominciai a tenerlo d'occhio, poiché non era certo tipo da condividere il mio personale metodo, – proseguí la voce.

Mi invitò a riflettere, se ancora me ne restava la capacità, sulla condizione in cui mi trovavo, soggetto a un controllo assoluto. Ebbene, col dottor Massenti lui si comportò in modo totalmente opposto. Massima libertà sul lavoro, complimenti, confidenze. Una rete nella quale l'altro cadde senza sospetti da quell'anima semplice che era.

Mentre il metodo del dottor Fonseca cominciava a muovere i suoi primi passi.

47·

– Fu dal padrone della pensione che appresi come veniva chiamato questo posto.

La clinica della terra morta.

Non ricordo se stessi raggiungendo lo stato di incoscienza, quel distacco previsto dal metodo del professore, oppure se fosse l'estrema stanchezza a farmi cadere la testa di lato; di certo faticavo sempre piú a riportarla in asse, a non cedere al sonno o a una sorta di anestesia cosí da poter continuare ad ascoltare la voce. Ero convinto che se avesse smesso mi sarei arreso.

– Definizione perfetta, – continuò. Se conoscevo le vicende storiche non potevo che essere d'accordo. In quale altro angolo del mondo tanti esseri umani avrebbero potuto convergere con il carico di una speranza che altrove era già stata sepolta?

– Solo qui poteva accadere, – sottolineò la voce, – su una terra che nessuno aveva voluto, come se non esistesse o avesse smesso di esistere. Morta appunto, come mi informò quel prezioso individuo che lei ha conosciuto nelle vesti di padrone di una pensioncina.

– Forse avevo pensato che la sua petulanza fosse segno di una certa idiozia. La sua pelosa gentilezza una sorta di servilismo. Ma quando si era trattato di avviare il commercio, quando certi contatti con il mondo al di là dei confini della terra morta erano stati riattivati, – disse la voce del dottor Fonseca...

– Quando avevo ormai individuato i primi donatori, – sottolineò.

Ecco che tutto il pragmatismo di una mente abituata a vivere di commercio era venuto alla luce. Perché quando era giunto il momento di passare all'azione era stato il padrone della pensione a proporsi come...

– Come distributore della merce, diciamo, insieme ai suoi amici, – ridacchiò la voce.

Invero la sua proposta aveva avuto un sapore lievemente ricattatorio. Con il sorriso sulle labbra, aveva fatto notare che eravano sulla stessa barca. E che correndo gli stessi rischi dovevano avere gli stessi vantaggi.

– Chiaro, no?

Un tot per ogni spedizione. Un affare. La complicità avrebbe garantito per tutti e ciascuno avrebbe avuto il suo tornaconto.

– Obiettai che mi sembrava una proposta un po' sbilanciata, visto che ero io a sobbarcarmi la parte piú complessa del lavoro.

L'aveva ammesso. Ma aveva pensato anche a quello. Avrebbe semplificato le cose al massimo.

– Disse che io non dovevo fare altro che preparare il regalo. Lo definí proprio cosí, e da quel momento in avanti fu cosí che lo chiamammo.

Al ritiro presso la clinica ci avrebbe pensato il postino; il suo andirivieni non avrebbe stupito nessuno, visto che la struttura utilizzava normalmente il servizio postale; fra l'altro l'uomo era stato informato della morte del professore ed era salito sulla barca anche lui. Non s'era fatto scrupoli, aveva compreso al volo i vantaggi. Un terzo testimone disposto a mantenere il segreto.

– O a fornirne una versione che non mi sarebbe piaciuta affatto, – disse la voce.

La pensione avrebbe funzionato da punto di appoggio e di ritiro dei regali; qualora ci fossero state esigenze particolari, la guardia in persona avrebbe provveduto alla consegna. Anche oltreconfine.

– Regali che avrebbero viaggiato con tanto di scorta armata. Si poteva chiedere di piú?

Era trascorso all'incirca un anno e mezzo da quando era partito il primo.

– Me lo ricordo bene: un cuore, – disse la voce.

A proposito, il mio, come andava?

48.

Debole forse?

Ma era solo un'impressione causata da un battito che, in risposta al freddo, aveva diminuito la frequenza. Gli organi nobili, tuttavia, erano i piú resistenti contro la scarsità di ossigeno, fino a un certo limite naturalmente. Ottimi pezzi di ricambio.

– Era un cuore giovane, quel primo regalo, – disse la voce.

Difficile ricordare se l'intervento fosse andato male a causa delle condizioni del soggetto oppure se l'insuccesso fosse già stabilito stante la necessità di soddisfare una richiesta urgente. Un giovane cuore innamorato finito in chissà quale cassa toracica mentre il resto aveva preso la strada del ritorno con il solito corredo di lacrime e di riconoscenza verso la clinica che, almeno, aveva tentato ciò che altrove non osavano.

– Innamorato come quello del dottor Massenti, – disse la voce.

Bisognava stringere i tempi adesso.

Nel corso di alcuni mesi, subito dopo la scomparsa del professore, il lavoro della clinica era stato riorganizzato...

– Gli avevo affidato la piena responsabilità di una sala operatoria dove lui era il giudice unico, cosí com'era la volontà del professore, – disse la voce.

Il sentimentale dottor Massenti aveva ripreso a girovagare nei dintorni di Spatz e a fare visita alla ragazza. Un cuore innamorato diviso tra riservatezza e desiderio di condividere la propria gioia.

– Le chiacchiere serali dopo il lavoro, soprattutto dopo le giornatacce, quelle segnate dagli insuccessi, furono i momenti in cui riuscii a fare breccia nella discrezione del mio giovane aiuto, – disse la voce.

Mentendo.

– Gli raccontai di una moglie lontana che mi riusciva di vedere solo di tanto in tanto, quando le mille incombenze mi concedevano qualche giorno di pausa. Averla lí vicino sarebbe stato di conforto. Tutto mi sarebbe pesato di meno, anche le traversie di quel nostro particolare mestiere. Ma la mia fantomatica moglie non aveva nemmeno mai preso in considerazione l'idea di seguirmi lassú. Anzi spingeva affinché io lasciassi Spatz e la clinica, temendo, quasi minacciando che avanti di quel passo il nostro rapporto sarebbe finito.

Volevo sapere come aveva reagito il dottor Massenti alle sue confidenze? Riuscivo ancora a intendere le sue parole? Sarebbe stato un vero peccato se proprio adesso la mia mente si fosse staccata del tutto, proprio adesso che stavamo arrivando alla conclusione della storia.

– Dopodiché, – disse la voce senza aggiungere altro.

Be', quale che fosse la mia condizione, anche se non ero piú in grado di sentirlo, lui sarebbe andato avanti.

Perché dovevo sapere che il dottor Massenti s'era innanzitutto augurato che lui, Fonseca, non dovesse mai prendere la decisione di lasciare la clinica, e che sua moglie, quella moglie fatta solo di parole, rivedesse le sue posizioni. Nel futuro che lui sognava a occhi aperti senza sosta, la clinica non cambiava mai. Ormai non riusciva a vedersi in un posto diverso, non immaginava una felicità piú completa dopo che anche la ragazza gli aveva confessato di provare dei sentimenti per lui.

– Ullallà, l'amore! – si impennò la voce.

Una volta svelato gode nel celebrarsi, nel confidarsi, pare addirittura che non possa piú farne a meno.

– Cosí, una sera dopo l'altra, venni a sapere un sacco di cose su quei due. Su lei. Su lui, il minorato. Su come comunicavano. Incredibile. Mi disse di aver visto il diario in cui la ragazza annotava i messaggi del fratello frammisti a resoconti delle sue giornate: cosa aveva fatto, pensato, visto. C'erano anche, mi confessò arrossendo, riferimenti ai loro incontri, alle cose che si erano detti. Non ritiene anche lei che questo amore poteva rappresentare un pericolo per la nostra barca?

Se non ci fosse stato di mezzo quel fratello forse le cose sarebbero andate diversamente, proseguí la voce.

– Ricorderà l'annotazione dell'11 giugno, il riferimento alla vipera, a quel lui che non gli voleva fare alcun male. La ricorda?

Sí, ma non avevo piú alcuna forza, parlare mi era impossibile. Anche la voglia di ascoltare mi stava abbandonando.

– Ne ero al corrente già da tempo, – proseguí la voce. – Sempre piú spesso il dottor Massenti mi confidava come la sua presenza in quella casa fosse mal tollerata dal giovanotto. E anche di come la ragazza soffrisse per tale situazione. Si sentiva divisa, cosí gli aveva detto piú di una volta, contesa da due amori diversi e altrettanto forti.

Fino a che la corda si ruppe, la situazione degenerò.

– Cosa di poche notti fa.

Mentre io dormivo beatamente nel mio letto cittadino senza nemmeno immaginare che, di lí a un po', avrei ricevuto l'ordine di partire per il distretto di Spatz.

49.

Era il tardo pomeriggio, già buio, previsioni di neve. Al mattino la sala operatoria se l'era presa il dottor Massenti, cosí da poter avere il pomeriggio libero e andare dalla ragazza.

– Avevo da fare, quel giorno, dovevo confezionare un regalo, – disse la voce.

Gli serviva, spiegò la voce, un fegato indenne, e già da un paio di giorni aveva individuato il donatore. La sera, la notte erano sempre stati i momenti migliori per gli interventi. Quando il resto della clinica dormiva e lui poteva procedere tranquillamente al suo lavoro. Anche il professore prediligeva quelle ore, un'abitudine che aveva trasmesso a tutti.

– Bene, diciamo che il donatore non riuscí a superare l'intervento.

Avevo l'impressione che la voce si stesse allontanando, perché la sentivo sempre piú fievole, come se avesse camminato lungo quella storia, come se le sue parole fossero un percorso che ormai stava giungendo al suo traguardo.

Era rimasto solo con quel corpo ancora caldo; aveva liberato i due infermieri che l'avevano assistito, ormai non restava altro da fare che ricucire là dove aveva aperto col bisturi e compilare la scheda relativa al decesso. La mattina seguente i parenti avrebbero ritirato la salma già rivestita e composta, pronta per l'ultimo viaggio.

– Anche il regalo era pronto per partire, – disse la voce.

Un viaggio lampo che lo avrebbe portato oltre confine.

– Dove qualcuno lo aspettava e lo avrebbe preso in consegna.

Si era raccomandato col padrone della pensione affinché avvisasse il postino di raggiungere la clinica, prima di chiudersi nel suo studio e attenderlo, anche se si fosse fatto tardi; poi la guardia sarebbe dovuta partire immediatamente una volta ricevuto il contenitore. Nessun regalo aveva mai avuto una destinazione tanto remota: il giro si stava allargando, non potevano sbagliare.

– Lo ripetei al postino mentre eravamo nel mio studio. Grazie a quei nuovi contatti, nell'arco di un paio d'anni ciascuno di noi avrebbe potuto condurre ben altra vita, che lo ribadisse anche alla guardia.

Era stato allora che aveva fatto irruzione il dottor Massenti.

Era sconvolto, zuppo, l'acqua gli colava dai capelli appiattiti; la previsione di neve non si era avverata. Mostrava un affanno evidente, come se avesse corso parecchio. Il postino si era irrigidito neanche avesse visto un fantasma. Ma lo sguardo del Massenti si era fissato sul dottor Fonseca.

– Su di me, – ribadí la voce. – Mi capisce? Cosa potevo dedurre? – chiese.

Aveva ordinato al postino di chiudere la porta. Il dottor Massenti aveva tentato di parlare.

– Gli intimai di tacere, – disse la voce.

Tanto sapeva…

– Mi correggo, credevo di sapere quello che stava per dire.

Era certo che gli avrebbe chiesto cosa stesse succedendo, per quale ragione c'era lí il postino; non poteva nemmeno escludere che avesse ascoltato ciò che si erano appena detti.

Il postino si era addossato alla porta. Aveva compreso che non c'era alternativa. Lo aveva bloccato, anticipando il suo ordine. Un braccio intorno al collo e una mano sulla bocca per impedirgli di gridare, anche se difficilmente qualcuno avrebbe potuto sentirlo. I suoi mugugni, i tentativi di liberarsi... Questione di un minuto ed erano cessati. Si era afflosciato al suolo dopo aver ricevuto una dose di lidocaina alla quale nessun essere umano sarebbe scampato.

– Il postino mi chiese cosa dovessimo fare, a quel punto.

Il corpo del dottor Massenti era a terra, sul pavimento dello studio.

– Dovetti spiegargli che quella sera il sentimentale dottor Massenti non aveva firmato solo la propria condanna a morte.

Potevano lasciare in vita quella ragazza, la donna della sua vita, quella che prima o poi avrebbe sposato? Quella che, non vedendolo piú, dopo un giorno, due, tre si sarebbe fatta viva per avere notizie?

– Per sua informazione, – proseguí la voce, – le spoglie del povero dottor Massenti riposano vicino a quelle del professore, sotto il vecchio faggio; un luogo che amavano. Andavano cosí d'accordo in vita... entrambi soli al mondo... Si faranno buona compagnia.

E se mai qualcuno avesse chiesto di lui, c'era un documento, con tanto di firma abilmente artefatta, in cui lo stesso Massenti annunciava le dimissioni dalla clinica per sopraggiunti impegni.

Ma per il momento il suo cadavere poteva aspettare, non c'era tempo da perdere. I corridoi della clinica erano bui e fuori la notte era resa ancora piú cupa dall'intensità della pioggia. Il regalo doveva partire.

– Io e il postino, invece, dovevamo rendere visita ai due.

C'era un'ottima scusa.

Da quel pomeriggio il dottor Massenti era sparito.

Forse la ragazza avrebbe potuto fornirci qualche notizia in proposito.

– Giuro che non avrei mai voluto sentire la sua risposta, – aggiunse la voce subito dopo.

50.

Aveva detto al postino di non nascondersi, ma di tenersi pronto. Aveva bussato lui alla porta. La ragazza gli aveva aperto. Nonostante la scarsa luce non gli era sfuggito il suo viso chiazzato, segnato da un'emozione profonda, forse aveva pianto. Lei l'aveva guardato parecchio stupita, la bocca socchiusa come se stesse per dire qualcosa. Ma solo dopo qualche istante gli aveva chiesto cosa volesse.

– Mi presentai, – disse la voce.

Lei emise un «Ah!» di stupore contenuto e abbassò le spalle, come se si stesse rilassando.

– Mi chiese scusa, d'altronde fino a quel momento mi conosceva solo di nome.

Lui si scusò a sua volta per il disturbo, per l'ora, ma era preoccupato poiché il dottor Massenti non era rientrato alla clinica e sapendo... non voleva sembrare indiscreto, ma... sapendo insomma che loro due si frequentavano, che la maggior parte del tempo libero il collega lo passava lí...

La ragazza aveva emesso un sospiro, le braccia molli lungo i fianchi, si era passata una mano sul viso. Poi aveva risposto che il Massenti era uscito da casa sua non piú di un'ora prima.

– Abbiamo... – disse, ma si interruppe.

– Litigato? – chiesi io.

– Di piú, – rispose la ragazza.

Avevano discusso per l'ennesima volta della loro situazione, di come si fosse via via infilata in un vicolo cieco. E lei gli aveva detto di aver compiuto la sua scelta, tra lui e il fratello aveva scelto il fratello, poiché aveva compreso che la convivenza di loro tre sarebbe stata impossibile. Ogniqualvolta il Massenti entrava in casa il ragazzo si chiudeva in camera finché l'altro non se ne andava, oppure se ne andava lui per dimostrare la sua insofferenza nei confronti di quello che considerava un intruso. Quel pomeriggio lei gli aveva detto che sarebbe stato meglio non vedersi piú, inutile discutere oltre.

– Mi capisce? – chiese la voce a quel punto.

Riuscivo a capire cosa aveva intuito in quel momento?

– Rimasi perplesso per qualche istante, – proseguí, – mentre il sospetto di aver commesso un errore madornale diventava sempre piú una certezza.

Aveva frainteso l'agitazione con la quale il dottor Massenti era entrato nel suo studio.

Ma ormai.

– Ormai non si poteva tornare indietro, – disse la voce.

Aveva dato una spinta alla ragazza facendola cadere sul pavimento, poi aveva chiamato il postino. Toccava a lui.

– Io andai a cercare il fratello.

In camera non c'era. Quando era ridisceso la ragazza era già morta, strangolata. Il postino era in piedi davanti a lei. Aveva chiesto se ora se ne potevano andare. S'era stupito quando lui gli aveva risposto no.

– Io dovevo ancora occuparmi del fratello; gli dissi che avrei fatto un giro intorno alla casa, sul retro, caso mai si fosse nascosto lí.

Lui invece doveva pensare alla ragazza. Era stato necessario spiegargli che il delitto doveva assumere contorni bestiali, cosí da essere attribuito a una mente instabile come quella del fratello. Bisognava sfregiarla, far sí che l'omicidio sembrasse la conseguenza di un accesso di rabbia incontrollata.

– Poi uscii, girai dietro la casa, e incontrai quel maiale rabbioso, – disse la voce.

Dapprima aveva sentito giungere dal buio una serie di versi che l'avevano disorientato. Era entrato in allarme poiché non aveva compreso subito che cosa di preciso avesse di fronte, e non aveva con sé nulla per difendersi. Compiendo due passi di lato era andato a sbattere contro un secchio; meglio di niente. Quando si era chinato per raccoglierlo la bestia si era palesata aggredendolo, e con un morso gli aveva staccato un pezzo di dito. Lui era caduto, mentre l'animale si era lanciato in un secondo attacco, questa volta puntando al viso, al collo. Tutto quello che aveva potuto fare era stato proteggersi con il secchio; nello slancio il maiale ci aveva infilato dentro il muso, restando incastrato. Aveva avuto i suoi bei problemi a togliersi di dosso quell'affare che si dimenava, scalciava, lanciava grugniti che arrivavano soffocati.

– Avevo necessità di medicarmi e dovevo controllare di non essermi rotto qualche costola. Per il momento non avevo la forza di fare altro.

Avevano deciso di lasciare la casa. La mattina seguente il postino avrebbe scoperto il corpo della ragazza.

– Raccontò pure che del fratello non c'era traccia.

La fuga: esisteva un indizio di colpevolezza migliore? Però bisognava che il ragazzo sparisse per davvero, non potevano correre rischi. – La guardia mi assicurò che avrebbe provveduto di persona, – disse la voce. – Era il giorno in cui lei è arrivato a Spatz, – aggiunse.

51.

Galleggiavo nel buio. Avevo l'impressione che le parole del dottor Fonseca mi sostenessero e che, quando fossero terminate, avrei cominciato a cadere senza fermarmi piú. Forse era quello il metodo del professore, quello lo stato in cui desiderava portare i suoi pazienti: una coscienza indifferente a sé stessa.

– Può immaginare il trambusto che seguí la notizia della sua presenza in paese, – disse la voce.

Ma la sua preoccupazione, una volta saputo del mio arrivo, era stata il diario. Quello di cui gli aveva parlato il povero Massenti e di cui la sera dell'omicidio, dopo l'aggressione del maiale, si era dimenticato. Cosa conteneva, davvero? E se fosse finito in mano a un investigatore? Lo avrebbe spinto a ficcare il naso anche nella clinica? Andava fatto sparire.

– Distrutto il diario ed eliminato il fratello il caso sarebbe stato definitivamente archiviato, non crede? – chiese la voce. – So che non ha piú la forza per rispondere. Ma mi piacerebbe sapere perché diavolo è andato alla casa proprio quella sera, la stessa in cui c'era tornato il postino.

Per un istante mi attraversò la mente l'immagine del pacchetto di sigarette chiuso nel portaoggetti della mia macchina e mi venne da sorridere. Se il dottor Fonseca avesse saputo che all'origine di tutto c'era un esecrabile vizio come il fumo...

– Si tenga pure il suo segreto, ormai non conta piú nulla. E devo farle i complimenti per come ha conciato quell'uomo. Tuttavia...

Tuttavia, dopo che mi ero impossessato di quel diario il mio destino era segnato.

– Leggendolo lei ha compreso la particolarità di quei due, – disse la voce.

La capacità di comunicare pur essendo lontani.

– Telepatia, telestesia, trasmissione del pensiero, comunque la si voglia chiamare. Il problema è che mai, dico mai avrei immaginato una cosa del genere.

Cioè che anch'io ne fossi dotato.

Che fossi in grado di percepire il pensiero di ciò che vedeva quell'uomo ancora vivo mentre la guardia gli dava la caccia per toglierlo di mezzo.

– Perché, se non fosse cosí, cos'altro l'avrebbe spinta a tornare in quella casa, a sospettare qualcosa che le sfuggiva, a ispezionare il corpo del maiale, a togliergli il secchio dalla testa per recuperare ciò che ancora teneva tra i denti? Lei si era convinto che il minorato mandasse pensieri alla sorella, che le comunicasse dov'era descrivendole il paesaggio, fornendole particolari. Cosí aveva fatto quel pomeriggio, dopo essersi allontanato per evitare la presenza del dottor Massenti. Ma da lontano gli era toccato vedere il suo maiale languire. Della decisione presa dalla sorella non sapeva niente, e il suo amico maiale era ormai al capolinea. In quella casa non c'era piú posto per lui. Per quanto posso sapere, forse s'era messo in testa di raggiungere la clinica per affrontare il suo rivale. In ogni caso la decisione di allontanarsi fu un vantaggio per noi. L'assassino che scappa, ricorda? Ma di certi particolari, degli ultimi messaggi, sul diario non poteva esserci nemmeno una parola, visto che la sorella era già morta. Chi dunque poteva averli ricevuti, se non lei?

In quell'istante mi parve di potermi alzare, perlomeno di potermi mettere seduto sul letto. Era solo un'impressione, visto che continuavo a essere legato, ma la coscienza ormai cosí distaccata dal corpo mi permise una simile fantasia mentre le parole del dottor Fonseca continuavano ad attraversare il buio della stanza.

– Pensava di essere sulla strada giusta per svelare il punto debole di un delitto altrimenti perfetto, non è cosí? Ma chi, – insistette, – se non quella mente strana, instabile poteva averla spinta a dare un'occhiata al corpo del maiale, a frugare tra i suoi denti in seguito a ciò che aveva visto poco prima di avere anche lui un incidente sulla via della fuga?

L'illusione di potermi alzare svaní, tornai a sentirmi legato al letto. Ma grazie a quelle parole mi sembrò di aver scoperto un altro, ben diverso punto debole: il punto debole del metodo del professore. Almeno per quanto mi riguardava.

Ermini.

Ermini che non mi aveva fregato, di cui avevo ingiustamente sospettato.

Il dottore stava commettendo un imperdonabile errore. Non ero stato io a ricevere il pensiero del presunto omicida, era stato Ermini, e questa consapevolezza mi dava ora ciò che fino a poco prima ritenevo impossibile, ciò che appunto metteva in crisi il metodo del professore: la speranza di una via d'uscita, che richiamava dentro il corpo la mia coscienza, il coraggio, la forza di volontà.

Dovevo fargli avere il mio messaggio, fargli sapere dov'ero, trasmettergli in qualche modo l'immagine del mio essere prigioniero in quel posto, far sí che corresse in mio aiuto.

Perché mancava poco, aveva appena detto la voce. La storia era ormai giunta al termine. Restava ancora un'ultima cosa che dovevo sapere. I miei organi.

– Le ho detto una bugia poco fa.

Quando mi aveva prospettato l'idea che sarei diventato a mia volta un donatore aveva solo voluto spaventarmi un po'. Dalla clinica dovevo uscire vivo, restituito al mondo da cui ero venuto.

– Certo, non piú la stessa persona.

Aveva previsto per me un trattamento particolare che mi avrebbe trasformato in un vegetale, mi sarei dovuto abituare a essere assistito per ogni necessità. E soprattutto sarei stato privo di memoria. Cancellato il passato, nessun futuro, un presente che sarebbe scivolato sul mio essere senza lasciare alcuna traccia.

– Purtroppo una conseguenza del brutto incidente che ha avuto, – sorrise la voce. – Ormai fuori è giorno, la devo salutare. Se deve pregare, se è ancora in grado di farlo, ha tempo fino al prossimo buio, quando ci incontreremo per la prima e ultima volta.

Poi tacque davvero, e per le lunghe ore che seguirono, nell'oscurità della stanza in cui mi trovavo, formulai in continuazione lo stesso pensiero. Per raggiungere l'unica persona che poteva salvarmi, per alimentare la sola speranza che avevo di uscire da quel posto, per continuare a vivere, per risolvere il caso.

In fondo anche per poter scrivere questa storia.

52.

Il Maiale era morto due mesi dopo la conclusione di questa vicenda. Un colpo secco, mentre era seduto alla sua scrivania, come in molti avevano previsto.

Ne ero rimasto turbato, nonostante tra noi non corresse buon sangue. Tuttavia non fu la sua dipartita a incidere sulla mia decisione di cambiare lavoro e stile di vita; ammetto che su quest'ultimo punto potrei impegnarmi un po' di piú. Anche se irragionevolmente, il proposito di dare una svolta alla mia esistenza nacque quando ancora ero legato a quel letto.

A un tratto la porta della stanza si aprí e sulla soglia comparve la figura indistinta del dottor Fonseca. Cosa potevo pensare, se non che fosse venuto a prendermi, pronto a dare il tocco finale al suo piano? Invece, anche se faticavo ad avere una visione chiara, non mi sfuggí che esitava a entrare, e che quando lo fece fu con un passo improvvisato, che a momenti lo mandò a terra. Capii appena scorsi Ermini alle sue spalle: lo aveva obbligato ad avanzare con una spinta. Gli ordinò di slegarmi, poi gli ingiunse di stendersi su quello stesso letto e lo legò a sua volta, mani e piedi. Solo allora mi resi conto di quello che Ermini aveva in mano. Una pistola sparachiodi. Mi venne da sorridere. Lui la sollevò in aria. Disse che l'aveva trovata in un magazzino della clinica, spiegandomi anche come c'era finito. Quando aveva percepito i miei messaggi, compreso dove fossi e che avevo bisogno del suo aiuto, s'era sentito in difficoltà: doveva fare qualcosa ma non sapeva come. Non era un uomo d'azione, se si spiegava. In ogni caso era entrato in clinica come tutte le mattine, ma dopo aver appreso dell'ennesimo rinvio dell'operazione di suo fratello, anziché tornare alla pensione si era nascosto in un magazzino a riflettere su come agire. Intanto continuava a ricevere i miei messaggi. Quando ormai il giorno stava per finire, sapendo che non poteva piú rimandare, frugando tra le carabattole che aveva intorno aveva trovato quell'affare. Per fortuna era capace a usarla.

– Può fare male, – avevo osservato io.

– Lo sa anche lui, – aveva ribattuto Ermini accennando al dottor Fonseca che ascoltava impassibile.

Con quella in mano lo aveva affrontato nel suo studio. E per convincerlo a collaborare gli aveva piantato un chiodo nella spalla.

Mentre lui raccontava, io riprendevo il controllo dei miei muscoli, l'acuità della visione. Ero salvo, libero. Ma l'euforia del momento svaní in fretta. Adesso bisognava riflettere su come agire. Informai Ermini che il nostro dottore aveva complici all'esterno della clinica, un pericolo che dovevamo tenere ben presente.

Nel buio della stanza appena rotto dall'anonima luce di neon che filtrava dal corridoio, si levò improvvisa la voce del dottor Fonseca per dire che eravamo degli illusi, se pensavamo di ottenere una confessione. Gli imposi di tacere. Le prove che ci servivano erano sottoterra. I corpi che erano passati sotto le sue mani nel biennio dopo la scomparsa del professore, una volta riesumati, sarebbero valsi ben piú di una confessione. E pure quello del dottor Massenti, che aveva avuto l'ingenuità di dirmi dov'era sepolto, avrebbe arricchito la conoscenza del metodo da lui sviluppato. Non poteva sperare di cavarsela. Né lui né i suoi tre sodali.

Dissi a Ermini che avremmo dovuto avvisare la centrale, il mio capo, degli sviluppi che la situazione aveva avuto. Chiamai io dalla clinica, anzi proprio dallo studio del dottor Fonseca. Non avevo dubbi che lo avrei trovato ancora nel suo ufficio. Per quanto la storia che gli dovevo sottoporre fosse assurda, cercai di essere il piú lineare possibile. Non stetti a farla lunga su come mi ero salvato, per il momento doveva bastargli sentire la mia voce al telefono per comprendere che la storia del gravissimo incidente che avevo subito era stata un'invenzione. Con comodo, magari, l'avrei messo al corrente di come erano andate realmente le cose. Adesso mi serviva che spedisse al piú presto una squadra per fermare anche gli altri tre.

– Spero che tu ci abbia visto giusto, – fu la risposta del Maiale. Non mi aspettavo complimenti, del resto. Tornai nella camera dove avevo passato un discreto numero di ore e avvisai Ermini che i rinforzi stavano partendo. Adesso, però, era venuto il momento di dividersi. A me toccava tornare alla pensione per dare la buonanotte al padrone. A lui toccava restare lí a far compagnia al nostro dottore finché non fossero arrivati a prelevarlo.

Se la sentiva?

Agitò ancora la pistola sparachiodi.

– Non si preoccupi.

Ci salutammo.

– Buona fortuna, – disse lui.

Gli risposi con un cenno del capo.

53.

Aveva smesso di nevicare, il cielo era ancora coperto. Fuori dalla clinica l'impatto con il freddo fu improvviso, tanto che mi dovetti fermare, colto dal dubbio, o dalla paura, che non sarei riuscito a raggiungere la pensione. Quella pausa forzata, breve anche se nel ricordo si estende oltre misura, mi permise, anzi mi obbligò a guardare l'immenso biancore che mi circondava: un'immagine di bellezza incontaminata. Respiravo a fatica, abituandomi lentamente alla temperatura. Un passo dopo l'altro mi lasciavo alle spalle la clinica e ciò che vi era accaduto, una parte piccola o grande del male che accadeva nel mondo, e che non avrebbe dovuto coesistere con la magnificenza in cui ero immerso.

Il proposito di cambiare lavoro e vita prese sostanza, si insinuò definitivamente nei miei pensieri, ma prima di dare corso a quell'idea dovevo portare a termine il mio incarico nel distretto di Spatz.

Sono certo che il padrone della pensione, il nano da giardino, fosse convinto di trovarsi di fronte Ermini quando udí il rumore della porta che si apriva. Lo avevo spiato da fuori, era seduto davanti al camino su una poltroncina, vedevo spuntare la sua testolina pelata. Pensai ai suoi liquori alle erbe ed entrai. Si sporse di lato, forse per accogliere l'unico cliente rimasto con un «Finalmente!» giacché non lo vedeva da quella mattina. Non riuscí nemmeno ad articolare una sillaba. Avesse visto un fantasma sarebbe stato meno impaurito. Intanto io mi ero appoggiato alla porta d'ingresso.

– Cos'abbiamo per cena? – chiesi.

Non era in vena di ironie però.

Tentò anzi una mossa scomposta per raggiungere il banco della reception; chissà, forse là sotto nascondeva una pistola. Non fece nemmeno due passi. L'afferrai per il collo.

– Il postino.

Volevo sapere dove si fosse nascosto dopo la notte del nostro incontro. Avevo messo la guardia del distretto all'ultimo posto nella lista, pensando che sarebbe stata la preda piú semplice da infilare nel sacco. Fu un errore di valutazione perché ancora oggi, per quanto ne so, è latitante.

Epilogo

Due mesi dopo, come ho detto, il Maiale morí. Non fu l'unico a scomparire, tra i protagonisti di questa vicenda. Circa sei mesi piú tardi, quando avevo ormai cambiato lavoro e continuavo a meditare sulla necessità di cambiare stile di vita, incontrai per caso un ex collega. Era sera, eravamo in un bar. Avessi potuto l'avrei evitato, cosí come avrei evitato di parlare dei vecchi tempi, delle ragioni che mi avevano indotto a mollare tutto. Erano solo fatti miei, e alle sue domande diedi risposte evasive.

L'ex collega, però, era in vena di chiacchiere. Non si capacitava di come avessi potuto dimettermi proprio dopo aver risolto un caso tanto complesso, un successo che mi avrebbe garantito una promozione e un bell'aumento di stipendio. Poi mi disse se sapevo della fine che aveva fatto il dottor Fonseca. Be', si era impiccato in carcere due giorni prima, quando ormai il processo, dall'esito scontato, era avviato alla conclusione. Postino e nano da giardino invece erano tuttora sotto chiave e ci sarebbero rimasti per un pezzo. Del terzo complice, la guardia, ancora nessuna traccia, appunto. Svanito nel nulla quella notte, nascosto da qualche parte con un mandato di cattura sulla testa. Tra me e me mi augurai che fosse precipitato in una delle valli del distretto di Spatz. La sua fuga era stata l'unico neo di quell'operazione e non potevamo che dare la colpa a noi stessi: l'arrivo a notte fonda di una squadra sulla piazzetta di Spatz, otto uomini e tre macchine, doveva averlo insospettito, e la sua conoscenza del territorio aveva fatto il resto.

Sei mesi non sono poi un grande lasso di tempo, credo che si possa essere d'accordo. Eppure, ascoltando il mio ex collega, mi sembrava che parlasse di fatti ormai remoti. La brutta esperienza vissuta aveva giocato con la mia memoria, spingendola a seppellire certi ricordi perché non mi turbassero piú di tanto.

Nelle ultime settimane che avevo trascorso in ufficio, consolidando un giorno dopo l'altro la decisione di andarmene, avevo raccontato piú volte al mio capo come si erano svolte realmente le cose.

Per quanto scettico, aveva dovuto ammettere che senza l'intervento di Ermini la faccenda avrebbe avuto ben altra conclusione. Ma mi aveva anche convinto a tacere, a considerare le perplessità che avrei sollevato se un simile resoconto fosse divenuto pubblico, se fosse stato divulgato da televisioni e giornali. A chiarire ogni cosa bastavano le prove concrete che già avevamo in mano: il diario, il dito mozzato, le risultanze degli esami autoptici, materiale sufficiente per condannare i colpevoli e far chiudere quella specie di clinica degli orrori.

– Pure di quell...

Non ne aveva pronunciato il nome.

– Ermini, – avevo completato io.

Ecco, pure di Ermini sarebbe stato opportuno tacere. Forse meglio scordarsene.

Lui, il Maiale, lo aveva scordato definitivamente quando la testa gli era caduta sul piano della scrivania senza piú rialzarsi. Per me, tuttavia, non era cosí facile, stante la parte che ebbe nel sottrarmi al bisturi del dottor Fonseca. Avevo ripensato spesso a lui, in quei mesi, ma mi ero limitato al solo pensiero, troppo preso dalla necessità di mettermi alle spalle un'esperienza che, seppur breve, mi aveva lasciato segni precisi, fra cui la paura dell'ignoto e la convinzione che esistesse un male assoluto. E poi ero convinto che pensarlo, cosí come avevo fatto quando ero prigioniero, potesse bastare per fargli sapere che mi sarebbe piaciuto rivederlo, ringraziarlo, e che avrei voluto informarmi circa il destino del fratello. Non c'era stato niente da fare. Forse era necessaria ben altra intensità per far uscire quei pensieri in modo che bussassero alla mente di Ermini. O magari era stata la condizione di urgenza a permettergli di sentirmi, cosí come l'orrore di quella notte a Spatz gli aveva consentito di raccogliere i pensieri del giovanotto in fuga.

Mi dimisi, dunque. Resistetti alle lusinghe della carriera, agli argomenti di chi voleva dimostrarmi che stavo facendo un grosso errore. Ero, anzi sono ancora giovane, il futuro non mi spaventa. Mi dimisi, ma senza avere la minima idea del lavoro che mi sarebbe piaciuto fare per cominciare una nuova vita.

Me la presi comoda, la liquidazione me lo consentiva. Ero certo di una sola cosa: non avrei mai piú lavorato in ambiti che, anche solo lontanamente, avevano a che fare col crimine; nemmeno il guardiano notturno avrei accettato di fare, fosse stato l'ultimo possibile lavoro al mondo.

L'immacolato paesaggio che mi era apparso quando ero uscito dalla clinica mi tornava di continuo alla memoria. Mi vedevo ancora là, sul confine tra ciò che mi lasciavo alle spalle e ciò che avevo sotto gli occhi.

Dopo aver trascorso qualche mese navigando a vista, la necessità, molto pratica, di trovare una fonte di reddito si fece sentire. E compresi che, pur senza venir meno ai miei propositi, se non volevo finire come un mendicante agli angoli delle strade avrei dovuto cogliere al volo la prima occasione. Fu per quello che ripresi l'abitudine di sfogliare i quotidiani. Ebbi fortuna, tutto sommato, poiché spulciando le offerte di lavoro ne trovai quasi subito una che non posso dire facesse proprio al mio caso, ma non ero nelle condizioni di fare lo schizzinoso, quindi risposi a quella ditta che produceva articoli per uffici e cercava rappresentanti per i distretti che ancora erano scoperti. Lo volevano giovane (e lo ero, lo sono), automunito (e sebbene di seconda mano la mia nuova macchina faceva la sua figura), istruito (il diploma di scuola superiore era sottovetro da che l'avevo ritirato), con un minimo di esperienza di relazioni col pubblico (ringraziai il Maiale per i mesi in cui mi aveva confinato alla scrivania). Non era scritto, ma tra le righe si intuiva che il bell'aspetto e una certa eleganza non avrebbero guastato (anche in ciò ero discretamente attrezzato).

Mi aspettavo di trovare una folla di aspiranti, il giorno fissato per il colloquio, invece fui in compagnia di soli altri tre soggetti, tutti rispondenti alle caratteristiche richieste, da quanto capii chiacchierando con loro durante l'attesa. I primi due, però, uscirono dalla sala riservata al colloquio dopo nemmeno un minuto, scuotendo la testa. Era evidente che l'offerta nascondeva un inganno. Lo scoprii subito, poiché toccava a me entrare. Se avessi accettato l'impiego, avrei dovuto occuparmi dei distretti piú lontani, periferici, quelli dove nessuno voleva andare. E lo stipendio, per quanto generoso, doveva bastarmi per coprire tutte le spese.

Non fu l'assenza di alternative a farmi accettare. Perlomeno non solo quello. Fu anche il pensiero di Ermini, l'idea che magari, girovagando di qua e di là, pensandolo per semplice caso, l'avrei incontrato di nuovo. E avrei saputo cosa avesse fatto dopo quella notte in clinica, e se il fratello fosse ancora vivo o no. Una speranza che mi accompagnò ogni giorno da che cominciai con quel mestiere e che mi accompagna ancora. Ma sono ormai passati due anni, e di Ermini non ho trovato la minima traccia.

Due anni in cui, quando è andata bene, mi è riuscito di tornare nella mia casa, sempre disordinata, per il fine settimana. Due anni che mi hanno visto dedito a un oculato calcolo delle risorse ogni volta che la fine del mese si avvicina.

In certi giorni il mio stile di vita diventa morigerato per pura necessità di risparmio, non per altro. Mi nego perfino il giornale; approfitto di quelli che trovo nei bar. Li apro e la prima cosa che vado a vedere sono le offerte di lavoro. Questo vivere come fossi un senza dimora, di albergo in pensione, di trattoria in trattoria, viaggiando di notte per giungere in orario a un appuntamento, se è il caso saltando i pasti, mi sta sfiancando. Adesso vorrei trovare qualcosa che mi permetta di muovermi meno. Perciò controllo avidamente gli annunci.

Cosí ho fatto pure questa mattina, senza trovare niente che potesse fare al caso mio ma fermandomi quasi incredulo sul titolo di una delle pagine interne.

Inaugurato il nuovo consorzio turistico del distretto di Spatz.

Quelle poche parole, e una foto del Massiccio, il tipo che mi aveva sommerso di parole appena arrivato, mi hanno rimandato indietro in un baleno e una confusione di immagini mi ha invaso la mente: le fotografie in bianco e nero di alpinisti e sciatori, il colore del liquore di erbe, le lapidi rivolte alle montagne, i pomelli delle guance arrossati del padrone della pensione e il buio della notte oltre le cime del Salter e del Danzas; il buio della casa dei due quando beccai il postino, il buio della piccola cappella dove i corpi dei fratelli erano stati portati, quello che avevo sotto gli occhi la sera in cui credevo di partire, quello della camera dove venni legato; il buio della stanza di Ermini mentre mi raccontava i suoi sogni, il buio...

– Ha finito? – mi ha chiesto una voce.

Quella voce...

Ho sollevato lentamente lo sguardo pronto a dirgli da quanto tempo speravo di rivederlo.

Non saprei descrivere quale maschera ha prodotto la mia delusione.

– Qualcosa non va? – mi ha chiesto l'uomo, prendendo il giornale.

– Tutto bene, – ho risposto.

Ma quando lui era già lontano.

Questo libro è stampato su carta contenente fibre certificate FSC®
e con fibre provenienti da altre fonti controllate.

FSC
www.fsc.org
MISTO
Carta da fonti gestite
in maniera responsabile
FSC® C115118

Stampato per conto della Casa editrice Einaudi
presso ELCOGRAF S.p.A. - Stabilimento di Cles (Tn)
nel mese di agosto 2020

C.L. 24584

Edizione							Anno			
1	2	3	4	5	6	7	2020	2021	2022	2023